W0314252

» LA GAJA SCIENZA «

VOLUME 1183

NON PIÙ BRICIOLE

Romanzo di
ALESSANDRA ARACHI

LONGANESI

PROPRIETÀ LETTERARIA RISERVATA
Longanesi & C. © 2015 – Milano
Gruppo editoriale Mauri Spagnol

www.longanesi.it

ISBN 978-88-304-4238-2

Per essere informato sulle novità
del Gruppo editoriale Mauri Spagnol visita:
www.illibraio.it

NON PIÙ BRICIOLE

A mamma Letizia.
E a papà Nicola.

Ho trovato un libro nella stanza di Loredana, sotto il suo cuscino. Un titolo inquietante.

La gabbia d'oro.
L'enigma dell'anoressia mentale

Forse voleva nasconderlo, sotto il cuscino.

Forse si è addormentata leggendolo.

Sicuramente io mi sono parecchio incuriosita.

L'autrice del libro si chiama Hilde Bruch.

Sul risvolto di copertina c'è scritto che era una psichiatra americana considerata tra le massime autorità mondiali nel campo dei disturbi del comportamento alimentare.

È morta nel 1984.

Avevo vent'anni, nel 1984.

Studiavo legge e sognavo di diventare il capo dei magistrati italiani, a fianco del presidente della Repubblica.

« La manifestazione principale dell'anoressia è sconvolgente: l'inedia volontaria che conduce a perdite ponderali catastrofiche. »

Avrei voluto andare avanti, leggere oltre la sintesi sulla copertina.

Ma ho avuto paura.

Anche paura che mia figlia mi scoprisse nella sua stanza, a frugare tra le sue cose.

Ho rimesso il libro esattamente dove lo avevo trovato.

E subito dopo sono corsa al mio computer.

Ho cercato su internet e ho visto che potevo acquistarlo online con grande facilità.

Potevo averlo direttamente a casa in tre, al massimo quattro giorni.

Ma non volevo rischiare.

Non sapevo come avrebbe reagito Loredana se avesse visto arrivare a casa per posta un libro uguale al suo.

Su quell'argomento.

Non so più niente di mia figlia, da qualche mese.

Da ventiquattro settimane e quattro giorni, per la precisione.

Eravamo a tavola quando Loredana si è alzata

di scatto lasciando a metà il suo piatto di spaghetti, senza dire una parola.

Era il 12 ottobre, un venerdì.

Nulla è più stato uguale, dopo.

«Il mistero dell'anoressia mentale è come mai famiglie affermate e ben integrate non riescano a trasmettere un senso adeguato di fiducia e di valutazione di sé a queste figlie che crescono confuse nei loro concetti circa l'organismo e le sue funzioni, e carenti di un senso di identità, indipendenza e governo di sé.»

Ma Hilde Bruch ce l'aveva una famiglia?

Aveva un marito, questa psichiatra americana?

Dei figli?

Una figlia?

Ho divorato in un fiato le prime cinquanta pagine della sua *Gabbia d'oro*, ma questo aspetto della sua vita privata non sono riuscita a capirlo.

Hilde Bruch aveva una figlia?

Ero arrivata quasi correndo nella libreria a due isolati da casa. Quelle cinquanta pagine me le sono lette in piedi, davanti allo scaffale della sezione psicologia, con un po' di ansia.

Ilaria mi stava guardando con aria decisamente incuriosita, o almeno così mi pareva.

Non sono io la cliente abituale della sua libreria.

È Loredana a rifornirsi di libri da lei. I testi più disparati, sicuramente in quantità ben superiori alla media nazionale.

Il suo sguardo cominciava a mettermi in imbarazzo.

Ho preferito liberarmi del volume di Hilde Bruch.

L'ho riposto nello scaffale davanti a me, simulando noncuranza.

Ho afferrato il primo libro dello scaffale accanto.

Un titolo decisamente più gestibile:

Come combattere lo stress in otto semplici mosse

L'ho comprato subito.

Ilaria mi ha incollato un'etichetta sul prezzo e mi ha chiesto se volevo anche un pacchetto regalo. Le ho risposto di sì, magari le faceva piacere, tanto era lo stesso.

Quel libro non lo avrebbe mai letto nessuno, era evidente.

Mentre preparava il pacchetto, mi ha chiesto di Loredana.

Voleva sapere se stava bene, se per caso le fosse successo qualcosa, magari un incidente, una delusione sentimentale, qualche brutto voto a scuola.

Ho balbettato qualche frase, breve e sincopata.

Sì, certo, sta bene.

Abbastanza, insomma.

Tutto sommato, direi di sì.

Ilaria si è fatta seria.

Era dall'inizio dell'anno scolastico che non vedeva mia figlia, mi ha confidato. Non era mai passato così tanto tempo fra una visita e l'altra alla sua libreria.

L'ho incalzata.

Dall'inizio dell'anno scolastico? Che cosa vuol dire? Dall'inizio di settembre? O dalla metà?

Ilaria ha scosso la testa.

« Non le so dire, Marta. Forse era più verso ottobre che non settembre. Forse era addirittura la metà di ottobre. Non me lo ricordo di preciso. Però ricordo perfettamente che quando Loredana è entrata in libreria era piuttosto affannata. Sconvolta, direi. »

Ilaria è una ragazza sulla trentina con una nuvola di riccioli biondi e i modi pacati, mai scomposti. Se lei aveva usato quel termine, c'era da crederci che Loredana si fosse presentata in libreria del tutto sconvolta.

Ilaria ha continuato a spiegarmi.

« Si è precipitata verso lo scaffale dei libri di psicologia. Cercava soltanto tra i saggi sull'anoressia. Li ha sfogliati praticamente tutti, ma alla fine ne ha comprato soltanto uno. »

Non ho detto nulla.

Sono tornata allo scaffale e ho ripreso in mano il libro di Hilde Bruch su quell'enigma chiamato anoressia.

Nemmeno Ilaria ha aggiunto altro. Ha preso il libro e me lo ha incartato senza coprire il prezzo e senza proporre pacchi regalo.

Dietro di me, davanti alla cassa, si era formata una piccola fila.

Per fortuna.

Non ce la facevo a parlare con Ilaria, in quel momento.

Non ce l'ho fatta nemmeno a parlare con Bruno.

Questa storia del libro della psichiatra americana volevo elaborarmela per conto mio prima di confrontarmi con chiunque altro, soprattutto con mio marito.

Bruno non ama le elucubrazioni psicologiche.

Non ama proprio le elucubrazioni, in realtà.

Ho scelto di sposarlo per questo. Anche per questo. La sua schematica e disarmante semplicità mi ha sempre fatto sentire tranquilla.

Per lui l'esistenza è costituita dalla somma di elementi primari.

Bruno non ti chiede per cena di cucinare il filetto, o il vitello, o le polpette, o l'osso buco.

Ti dice invece: prepari un po' di carne?

E a mio marito basta che carne sia, davvero, di qualunque foggia e consistenza. Non domanda altro.

Per questo ho continuato a leggere *La gabbia d'oro* di nascosto, quasi sempre chiusa a chiave dentro il bagno.

Volevo capire, prima di qualunque altra cosa.

Soltanto l'altra mattina mi sono concessa di finire la lettura stesa sul letto, nella mia stanza, convinta di essere rimasta sola in casa. Ma ho dovuto interrompere di colpo. Nascondere in tutta fretta il libro.

Loredana non era voluta andare a scuola. Ma a me non aveva detto nulla. Forse nemmeno a suo padre.

È entrata nella mia stanza da letto all'improvviso. Aveva negli occhi il sospetto.

Ne sono stata contenta, in qualche modo.

Almeno aveva qualcosa.

Da quando ha abbandonato gli spaghetti nel piatto senza dire una parola, mia figlia ha gli occhi pieni soltanto di vuoto.

L'altro giorno Bruno è arrivato a prometterle un cavallo tutto suo. In cambio, le chiedeva semplicemente di fare pasti regolari. O, almeno, quasi regolari.

Matteo è saltato di gioia sulla sedia.

Loredana non ha staccato lo sguardo dal bicchiere che stringeva fra le dita.

Eppure il fratellino dopo il salto sulla sedia aveva cominciato a toccarla sul braccio, sulle spalle, sulle mani, sui fianchi.

Matteo voleva condividere la bella notizia dell'arrivo di Sonny.

Sonny, sì, perché, suo fratello ne era sicuro, un cavallo vero non avrebbe potuto avere un nome diverso dal loro cavallino di peluche, l'unico nel mucchio dei giocattoli che i due fratelli si fossero tramandati dall'infanzia ai giorni nostri.

Loredana, però, Matteo non lo ha proprio guardato. Nemmeno di sbieco o per sbaglio.

Per me, adesso, ogni volta che mi trovo davanti mia figlia la fatica più grande è riuscire a trattenere le lacrime.

In queste ventiquattro settimane ha prosciugato le guance e anche le spalle, due grucce spoglie.

Le cosce sono due stuzzicadenti.

Le mani due calchi da laboratorio.

I capelli fili di stoppa.

Lei sembra non rendersene conto.

Venerdì scorso è tornata a casa piuttosto euforica. Tra le mani stringeva due grandi sacchetti di carta di negozi di abbigliamento del centro.

Si è chiusa nella sua stanza e ne è uscita poco dopo con indosso un paio di leggings e una maglietta aderente e scollata.

Ho cercato riparo per lo sguardo dietro lo schermo del computer.

Volevo evitare quello spettacolo di mia figlia. Penoso.

Lei ha ostentato indifferenza per la mia mancanza di attenzione. O forse ha simulato. Comunque non ha esitato a scendere per strada con quei vestiti addosso.

Ha sbattuto la porta di casa gridando verso di me, con foga.

Un evento.

Mi ha fatto sapere che stava uscendo e che non dovevamo aspettarla per cena. Ha anche voluto aggiungere che aveva un appuntamento galante.

Non mi ha lasciato il tempo di obiettare.

Fino ad allora non era mai rimasta fuori casa dopo cena, durante l'inverno. Per andare a un appuntamento galante, poi.

Non mi ha lasciato nemmeno il tempo di consultarmi con suo padre.

E invece è tornata a casa ben prima di cena. Triste. Demoralizzata.

Non indossava più i leggings, e nemmeno la maglietta scollata.

Chissà chi aveva prestato a Loredana quel vestitino di lana pesante che regalava l'illusione di un pizzico di spessore sopra le sue ossa.

Il primo medico al quale mi sono rivolta mi ha vivisezionato.

Letteralmente.

Era arrivata la fine di febbraio. Loredana in classe non riusciva più nemmeno a sedersi nel suo banco, l'osso sacro che sbucava fuori dal suo alveo e sfregava con dolore sopra il legno sottile.

Era costretta a portarsi dei cuscini da casa per poter seguire le lezioni.

In quei giorni i suoi compagni non esitavano a prenderla in giro.

Non per via dei cuscini sulla sedia di legno.

Mia figlia era decisamente antipatica.

Insopportabile.

Quando Loredana arrivava in classe, l'unico modo in cui riusciva a relazionarsi con gli altri era la presunzione.

La supponenza.

Accartocciata dietro il suo banchetto, mia figlia si metteva in cattedra e rimproverava i compagni di non studiare abbastanza.

Di perdere tempo al cinema, o in discoteca.

Di essere superficiali.

Frivoli.

Fatui.

Persino la Moscatelli aveva trovato eccessivo l'atteggiamento di mia figlia.

Proprio lei, l'integerrima e intransigente prof di matematica, a fine lezione non aveva esitato a fermarsi davanti al banco di Loredana per redarguirla.

Per questo era da dieci giorni che mia figlia non andava più a scuola.

Per questo mi ero decisa io ad andare da un medico.

Sono entrata nello studio e mi sono seduta davanti al professor Graziano Veroldi convinta di dovergli parlare di queste cose.

Pensavo fosse importante spiegare al medico che Loredana ormai passava i suoi pomeriggi abbracciata ai termosifoni di casa, in cerca di quel minimo calore che il suo fisico non era più in grado di procurarle.

Non usciva praticamente più di casa, oltre a disertare la scuola.

La verità è che non usciva praticamente più dalla sua stanza.

Ma il professor Veroldi non mi ha fatto parlare. Non di mia figlia, perlomeno.

Ha preso in mano un taccuino e ha voluto sapere la mia data di nascita. Quindi mi ha chiesto a che età avevo avuto le prime mestruazioni e pure il mio primo rapporto sessuale completo.

Ho risposto alle sue domande, all'inizio. Però ho provato ad aggiungere che anche Loredana si era sviluppata più o meno alla mia stessa età, tredici anni, un'età giusta, un'età nella media per avere le prime mestruazioni, non è vero, dottore?

Il professor Veroldi non mi ha risposto ed è andato avanti con le sue, di domande.

A che età mi ero sposata.

Quanti rapporti sessuali avevo con mio marito in media ogni settimana.

Se lo tradivo, mio marito.

E se non lo tradivo: provavo comunque attrazione nei confronti di altri uomini?

Avevo desideri frustrati che mi trascinavo fin dall'infanzia? O magari dall'adolescenza?

La segretaria dello studio è entrata nella stanza, senza bussare.

Il professor Veroldi non l'ha ripresa per questa prepotenza.

Ma io, almeno, ho potuto prendere un po' di tempo e fare un respiro profondo.

Mi era necessario.

Sparita la segretaria, i grandi occhi azzurri di Graziano Veroldi sono tornati a posarsi su di me.

Sulla scollatura della mia maglia un po' aderente, mi verrebbe da dire, se quanto successo dopo non fosse stato ben più grave dell'occhiata piratesca di un playboy di quart'ordine.

Comunque, ero riuscita a fare più di un respiro profondo. E adesso avevo deciso di buttare fuori il fiato.

Tutto il fiato che avevo.

Ho detto al professor Veroldi di ascoltarmi bene. Di rendersi conto che chi stava male era mia figlia Loredana di sedici anni appena. Non io.

Io ero andata lì per aiutare lei, non certo per rispondere a un terzo grado e, soprattutto, a domande incalzanti e indiscrete sulla parte più intima della mia vita privata.

Graziano Veroldi non si è scomposto. Anzi.

Quando ho finito di parlare, sembrava avere l'aria alquanto appagata.

Ha ripreso tra le mani il suo taccuino e si è messo a scarabocchiarci sopra con una biro.

Poi ha tirato giù i suoi occhialetti leggeri e li ha posati sul naso.

Soddisfatto.

« Ecco, vede signora, lei è una madre-drago. »

Non sono riuscita a interromperlo.

« Un tipico esempio di madre-drago, vorrei dire. »

Si è sfilato gli occhiali, li ha posati sulla scrivania. Si è umettato le labbra.

Mi ha guardato.

Questa volta dritto nelle pupille.

« Vede, signora, la madre-drago è il genere di madre che non ha mai preso in considerazione la possibilità di ricercare una propria felicità che non sia soltanto narcisistica. Oppure, semplicemente, la possibilità che la figlia possa avere un'esistenza distinta dalla sua, separata e separabile. La madre-drago, tipicamente, è quella che fa dell'esistenza della figlia un proprio prolungamento psichico. »

Secondo Graziano Veroldi, mia figlia era diventata anoressica soltanto perché aveva in casa una madre-drago: io.

Non ho replicato.

Non ho avuto la voglia e soprattutto la forza di replicare.

Sono uscita dalla stanza senza emettere nemmeno una sillaba, con l'aria di chi ha ricevuto quattro sberle una di fila all'altra da uno sconosciuto incrociato sul treno.

Quando mi sono trovata davanti alla segretaria, però, mi è tornata la voce.

Anche la fantasia.

Mi stava mostrando la parcella da pagare per la visita.

Non ho detto parolacce, nella mia pur non breve esistenza non credo di averne mai pronunciata nemmeno una in pubblico.

Ho invece preso in mano il foglio della parcella e l'ho strappato in tanti piccoli pezzi.

Coriandoli in volo dentro quell'inutile studio medico.

Quel dannoso studio medico.

La segretaria si è piuttosto agitata a quel punto.

Sembrava non sapere proprio cosa fare. Dove mettere le mani. Se sul telefono per chiamare l'amministratore dello studio. O piuttosto sul citofono interno per comunicare direttamente con il medico rimasto dentro la sua stanza.

Non le ho lasciato il tempo di fare nessuna delle due cose.

Ho alzato la voce, mentre avevo il piede ormai sulla soglia dello studio. Le ho detto che poteva pure mandarmi un'ingiunzione di pagamento, anche se non ero sicura le convenisse.

Ero un drago cattivo, io. Sputavo fuoco vero, quello che bruciava.

Quello che incendiava.

Mi sono chiusa alle spalle la porta dello studio medico come avevo visto fare in un film. Con veemenza e senza voltarmi indietro.

A casa, Bruno ha ascoltato con sconforto il racconto della mia visita con il medico numero uno.

Il professor Graziano Veroldi ci era stato consigliato da Claudia e Gino, una coppia di nostri amici: era un ottimo psicologo, grande esperto di disturbi alimentari, avevano garantito.

Mio marito, al solito, mi ha fatto la domanda più semplice: come stava adesso la figlia diciottenne di Claudia e Gino?

Già, come stava?

Perché non me l'ero domandato io, prima della visita?

Federica continuava a oscillare fra i quaranta e i quarantuno chili, per quel che ne sapevo. Era alta un metro e settantasei.

Eppure Claudia e Gino si dichiaravano soddisfatti perché, mi avevano spiegato, avevano finalmente intrapreso un cammino di autoconsapevolezza genitoriale.

Un cammino di autoconsapevolezza genitoriale, avevano detto proprio così.

Claudia, soprattutto, si sentiva molto fiera di sé perché era riuscita a mettersi completamente in discussione, e aveva messo in discussione tutta la concezione distorta che fino a quel momento aveva avuto della maternità.

Me l'aveva raccontato con lo stesso tono che usava al liceo quando mi ripeteva le lezioni di Scienze naturali, prima di un'interrogazione.

La sua secondogenita, Federica, continuava a non avere le mestruazioni, a perdere i capelli, a mangiare quasi nulla e, soprattutto, a vomitare molto. Ma Claudia era tranquilla. Apparentemente.

Il professor Graziano Veroldi aveva rassicurato lei e suo marito Gino: una volta terminato il loro percorso di autoconsapevolezza genitoriale, il problema della figlia si sarebbe automaticamente risolto.

Era ovvio.

Bruno ha evitato di fare qualsiasi commento a questo mio ulteriore racconto.

Mio marito non ama troppo le parole.

Si è alzato dal divano e si è diretto verso lo sgabuzzino.

Ha preso i suoi stuzzicadenti, il tubetto di colla, le pinzette, uno strofinaccio, ed è andato a chiudersi nel suo piccolo laboratorio al piano interrato.

Doveva finire di montare il veliero nella bottiglia gialla.

Io ho ricominciato a navigare su internet, constatando che gli esperti di disturbi alimentari sono più numerosi dei tifosi di calcio.

Ho provato, con grande pazienza, a catalogare in un file dedicato tutti questi nomi.

Volevo riuscire a completare il lavoro almeno con gli esperti della mia città, in modo da averli sotto controllo ed evitare altre brutte sorprese in futuro.

Ma mi sono fermata davanti al dottore esperto di madri-coccodrillo.

Mi sono dovuta fermare.

Dovevo capire.

Non bastavano quindi le madri-drago.

Questo esperto teorizzava l'esistenza di una madre-coccodrillo che aveva come marito il padre-amante della ragazza anoressica.

Ovvero amante di sua figlia.

Erano ormai le quattro del mattino e mi sono convinta di aver letto male, troppo piccoli i caratteri del sito web dove ero finita a quell'ora barbara della notte.

Ho ricominciato da capo.

Mi sono munita di una lente d'ingrandimento.

Ero finita in un sito web che riproduceva le pagine di un libro definito « specialistico ».

Lo aveva scritto questo esperto di disturbi alimentari. « Del nostro tempo », veniva specificato.

Bene, ero quindi arrivata nel posto giusto.

Ma presto ho scoperto che giusta era stata anche la mia prima lettura senza l'ausilio della lente d'ingrandimento: secondo l'autore, infatti, le due figure tipiche della famiglia anoressico-bulimica altre non erano se non la madre-coccodrillo e il padre-amante.

Inutile continuare a leggere, e rileggere, e rileggere ancora una volta.

Questo era scritto.

Questo l'autore voleva dire.

Avrei fatto bene a chiudere il computer e finirla lì.

Come mamma di una ragazza anoressica, in fondo, per la giornata potevo accontentarmi di essere stata definita prima un drago e poi, in alternativa, un coccodrillo.

E invece ho continuato a leggere.

E adesso mi trovavo pure a dover fare i conti con i sogni.

I sogni delle ragazze anoressiche.

Già.

Nel libro ora veniva raccontato che le ragazze anoressiche sognavano le loro madri nelle forme più terribili.

Le sognavano spesso in queste forme, non una volta, per sbaglio, magari in qualche incubo.

Spesso.

La mamma di un'anoressica era quindi una balena divoratrice.

Oppure un'orca tirannica.

Una mangiatrice di fuoco.

Una fiera insaziabile.

Una tigre spaventosa.

Una pattumiera vivente.

Un aspiratutto gigante.

Ho spento il computer, ero troppo stanca.

Troppo arrabbiata per continuare.

Ma quando mi sono messa nel letto c'era una domanda che non mi faceva dormire: che sembianze poteva mai avere una mamma pattumiera vivente?

E una mamma aspiratutto gigante?

«Da grande voglio fare la scienziata. Oppure la giornalista.»

«Ma sono due professioni molto diverse, Lory. Non hanno niente in comune.»

«Questo lo dici tu.»

«E tu cosa dici?»

«Be', io invece penso che si assomiglino un sacco, perché sia lo scienziato sia il giornalista alla fine inventano qualcosa.»

«Accidenti.»

«Accidenti cosa?»

«Forse dovresti fare l'attrice comica, Loredana.»

«Non ci penso nemmeno.»

«Perché?»

«I comici sono così tristi. Guarda i clown: sono i più tristi di tutti.»

«Tu invece sei convinta di essere molto allegra?»

«Io, sì, certo. Infatti...»

«Infatti cosa?»

«Penso che se un giorno dovessi mai arrivare a sentirmi depressa – ma figuriamoci è un'ipotesi

che non esiste proprio –, comunque se dovessi arrivare a essere così depressa da voler sparire dalla faccia della terra, non penserei mai a uccidermi.»

«E cosa faresti?»

«Partirei per i Caraibi, piuttosto.»

«Ma dove le leggi queste cose?»

«Le penso per conto mio. Però le foto dei Caraibi le ho viste su internet insieme con papà.»

«Ah sì? E come mai?»

«Perché papà ci voleva andare in vacanza a Natale in uno di quei Caraibi lì.»

«E invece?»

«Ci s'è messo di mezzo quel guastafeste di mio fratello che sta per arrivare.»

«Quando nascerà il tuo fratellino?»

«Non lo so, spero il più tardi possibile. Tu ce l'hai un fratello, maestra?»

«Ho due sorelle più grandi. Credo che abbiano sbuffato e protestato ben più di te quando sono arrivata io a ingrandire la famiglia.»

«Non c'è bisogno di ingrandirle, le famiglie. Non ce n'è proprio alcun bisogno.»

«Sai già dove andrete in vacanza ora che la scuola è finita?»

«Non lo so.»

«Devi farti portare in un bel posto da mamma e

papà, come premio per i tuoi voti. Hai terminato anche la quarta elementare con tutti dieci in pagella. E quest'anno sei stata l'unica di tutta la scuola a portare a casa una pagella perfetta, mia cara signorina Loredana De Bellis.»

«... mmmhhh.»

«Cosa c'è, non sei contenta?»

«No, maestra è che...»

«Che cosa, Lory?»

«Purtroppo sono sicura che non conterà nulla, maestra.»

«Non conterà nulla cosa?»

«Quei dieci in pagella non conteranno. Per i miei genitori saranno solo un risultato scontato. Non ci faranno nemmeno caso, vedrai. Ormai si sono abituati che io porto a casa solamente voti belli.»

«Non è vero, Loredana, e lo sai. I tuoi genitori non danno nulla per scontato, li conosco bene. E conosco bene soprattutto tua mamma. Preferirebbe vederti passare più tempo al parco giochi che china sui libri. Vuoi rendertene conto, piccola? Perché ti costruisci dentro la testa una realtà tutta tua?»

«Maestra, nemmeno tu mi capisci più?»

Continuo a cercare spesso rifugio dentro il bagno di casa.

Ho nascosto il libro di Hilde Bruch nell'intercapedine fra il termosifone e il davanzale interno della finestra.

Non riesco a smettere di consultarlo.

È come la luce di un faro in mezzo a questa nebbia disperante.

> « Ecco la grave questione: perché giovani sane si privano della gioia di vivere. L'ho sentito da molte: non si permettono di godersi la vita perché si sentono colpevoli. Colpevoli per essere impari al ruolo assegnato loro da altri. Malgrado tutti i successi accademici, e in tanti altri campi, c'è il risentimento di doversi sforzare tanto e di temere sempre di non essere abbastanza brave. »

Dottoressa Bruch, ma che cosa vuol dire?

«… si sentono colpevoli per essere impari al ruolo assegnato loro da altri, malgrado tutti i successi accademici.»

Davvero Loredana si sente colpevole di qualcosa, in questo momento?

Signora Hilde, mi aiuti lei.

Non so più decifrare nulla di mia figlia, ormai.

Il ruolo per cui le malate di anoressia non si sentono all'altezza non è stato assegnato loro da altri. Mi sembra evidente che sia un ruolo frutto della loro personalissima follia.

Vero, dottoressa Bruch?

Lei nei suoi anni di professione ha ascoltato decine e decine di ragazze malate di anoressia.

Forse centinaia.

Magari migliaia.

Non lo so calcolare.

Ma credo che il numero non abbia importanza, alla fine. Probabilmente potrebbero bastare i racconti di due o tre di loro, non crede?

Dicono tutte quante le stesse cose.

Le stesse identiche frasi, assurde e deliranti.

Sono dischi rotti, le anoressiche.

Signora Hilde, le ho ascoltate anch'io insieme con lei quelle sue pazienti, in qualche modo.

Leggendo le pagine del suo libro è come se le avessi sentite davvero parlare.

Mi sembrava di avere davanti lo sguardo vuoto di Loredana.

Le sue dita scheletriche.

Le sue guance senza vita.

Ma lei, dottoressa Bruch: come fa a starsene lì a prendere appunti mentre una dietro l'altra queste giovani donne malate le si siedono davanti a raccontare le loro storie di lucida follia?

Tutte le anoressiche sostengono di essere incapaci di vedere la loro magrezza.

Sono assolutamente serafiche quando affermano che va tutto benissimo.

Che tutte le preoccupazioni degli altri sono prive di fondamento.

Che si sentono in gran forma e il loro aspetto è esattamente quello che vogliono avere.

Signora Hilde, come fa a non staccare la penna dal taccuino davanti a questi deliri?

Bruno si è messo a bussare con una certa energia alla porta del bagno. Ci ero entrata che lui stava dormendo e il sole non era ancora sorto.

Nel frattempo è arrivata rapidamente l'ora della colazione. Non me n'ero accorta.

Non ho nascosto il libro nell'intercapedine del davanzale, non avevo tempo e avrei fatto sicuramente rumore, troppo per l'orecchio di mio marito, incollato alla porta del bagno. Con sospetto.

Ormai, in famiglia, siamo diventati tutti assai diffidenti.

Persino il piccolo Matteo fa capire, di tanto in tanto, di non volersi fidare più né di me né di suo padre. Di sua sorella invece ha smesso di occuparsi. O almeno, così sembra a chi lo osserva dall'esterno.

Bruno continuava a bussare alla porta del bagno.

Ho rapidamente indossato l'accappatoio e ho infilato il libro di Hilde Bruch all'interno degli slip, assicurandolo poi saldamente con la cintura di spugna stretta per bene, poco sopra l'altezza del pube.

Manovra inutile.

Quando ho aperto la porta mio marito mi ha a malapena guardato.

Aveva solo una certa urgenza di usare il bagno, ed evidentemente non aveva nemmeno osato avvicinarsi a quello accanto alla camera di Loredana.

La zona letto di mia figlia è diventata una sorta di zona rossa all'interno del nostro appartamento.

Solo lei, ogni tanto, viola questo assurdo confinamento. Anche se a pensarci bene lo ha fatto soltanto una volta.

Era la sera prima della visita con il medico numero due.

Ci sono andata il giorno del mio compleanno, dal medico numero due.

Il 4 marzo.

La sera prima ero entrata in bagno sovrappensiero e avevo trovato Loredana sulla mia bilancia.

Nuda.

Ho faticato a trattenere un grido.

Anche lei, mi è sembrato.

È scesa dalla bilancia e ha allungato con frenesia una mano cercando di afferrare l'accappatoio appeso al muro.

Si è coperta in una manciata di secondi.

È scappata in camera sua, in lacrime.

Non ho visto il peso di Loredana sulla bilancia digitale, quella sera.

Non ce n'è stato bisogno.

Mi sono bastate le costole e le ossa del bacino: erano l'immagine impietosa di una radiografia.

Ho avuto la sensazione che da qualche giorno

le stessero anche dondolando i denti davanti; che le stessero per cadere, come quando era bambina.

«L'obiettivo delle anoressiche è regredire allo stadio protettivo dell'infanzia.»

Ha esordito così, il medico numero due.

Era uno psichiatra amico del nostro medico di famiglia.

Questa volta ci aveva pensato Bruno a trovare il dottore, un anziano signore pieno di esperienza e pragmatismo, le qualità che più convincono mio marito.

Non mi ha dato del drago e nemmeno del coccodrillo, il medico numero due.

Mi è sembrato un grande progresso, in quel momento.

Bernardo Meravigli ha preso invece tra le mani un manuale con la copertina bianca e mi ha voluto leggere la definizione di anoressia nervosa.

A me è bastata la prima frase per cominciare a piangere senza controllo:

> «L'anoressia è un disturbo del comportamento alimentare che può mettere a repentaglio la vita di chi ne è colpito».

Ma il dottor Meravigli non ha ritenuto opportuno fermarsi:

> « Questa patologia si manifesta con il rifiuto di mantenere il proprio peso, con una diminuzione di oltre il 15 per cento sul peso normale ».

Eravamo all'abc.

> « Questo disturbo è inoltre caratterizzato dalla paura di aumentare di peso, da un'immagine distorta del proprio corpo e, nelle donne, dall'amenorrea che si manifesta con la mancanza di almeno tre cicli mestruali consecutivi. »

Sono riuscita a interrompere rapidamente le lacrime e anche la lettura del manuale dalla copertina bianca: volevo che Bernardo Meravigli avesse ben chiara la situazione.

Era ovvio che Loredana non aveva le mestruazioni da più di tre mesi.

Era altrettanto ovvio che mia figlia non riusciva a vedere riflesso nello specchio il suo corpo ridotto alla lastra di una radiografia.

Altrimenti non sarei stata lì a cercare l'aiuto di un medico.

Bernardo Meravigli non si è scomposto davanti alle mie obiezioni vibranti.

Mi ha guardato con una certa sufficienza, piuttosto.

« Signora De Bellis, le definizioni sono importanti. Servono per mettere a fuoco il problema. »

La sua pacatezza stava entrando in rotta di collisione con la mia ansia.

Ma lui non sembrava essersene accorto.

« Per questo problema, signora De Bellis, c'è soltanto una cosa da fare: si deve agire il più velocemente possibile e con grande concretezza. »

Non ha aspettato un mio assenso, Bernardo Meravigli. Nemmeno una replica, o una nuova obiezione.

Ha strappato dal ricettario un foglio di carta intestata e ha cominciato a scrivere.

Una lista.

Ormoni. Iniezioni per far tornare il ciclo mestruale.

Ricostituenti.

Vitamine.

Farmaci che stimolano l'appetito.

Antidepressivi.

Ha preso quel foglio così compilato e me lo ha messo tra le mani.

« Mi raccomando, signora De Bellis, cominciate immediatamente con le iniezioni di ormoni, bisogna far tornare il ciclo mestruale il prima possibile. »

Bernardo Meravigli mi ha dato appuntamento alla settimana successiva.

Secondo lui sarei dovuta tornare nel suo studio con mia figlia Loredana.

Ho sorriso.

Ho anche pagato la parcella, questa volta.

Ma appena arrivata in strada ho accartocciato il foglio del ricettario e l'ho gettato nel primo cestino.

Quella era una lista impossibile.

Per Loredana esisteva soltanto un farmaco, da quel dannato 12 ottobre: il lassativo.

Altri non avrebbe accettato di prenderne, da nessuno.

Mai.

Era la quarta volta in due settimane che incontravo Stefano sotto il portone di casa.

Ha sempre fatto finta di non vedermi, di essere molto di fretta.

Ha sempre fatto come se stesse passando di lì solamente per andare da qualche altra parte.

Ieri pomeriggio ha avuto il coraggio di fermarsi.

Di avvicinarsi.

Di chiedermi di Loredana.

Le sue parole erano un soffio.

Voleva sapere se era vero che era diventata uno scheletro.

Lui non era mai più riuscito a vederla.

Mi sono avvicinata.

È bello, Stefano, i suoi grandi occhi chiari illuminano un ovale che ha la perfezione dei quadri medievali.

Ho preso tra le mani l'ovale del suo viso.

Abbiamo trattenuto tutti e due le lacrime, con

la caparbietà che soltanto un dolore vero riesce a infonderti.

Poi lui ha voluto svincolarsi dalla mia stretta. Con garbo, ma con determinazione.

Sciolto dalla morsa, si è messo a fissare i miei mocassini.

Ho confermato, a quel punto: sì, Stefano, Loredana è una radiografia che cammina.

Il ragazzo non ha staccato lo sguardo dalle mie scarpe.

Ho proseguito. Ho raccontato a Stefano dei capelli di Loredana, diventati fili di stoppa, della sua pelle senza più nutrimento, degli occhi infossati dentro le orbite e anche dei denti che stavano per abbandonare la bocca in una lotta impari contro la legge di gravità.

Stefano si è chinato come per allacciarsi una scarpa, sebbene la stringa non si fosse affatto sciolta.

È rimasto accovacciato per qualche minuto, annodando e sciogliendo i lacci delle sue scarpe da ginnastica.

Aveva frequentato Loredana per più di un anno di fila.

Persino Bruno si era lasciato andare davanti alla simpatia di quel giovane dalla faccia pulita e dallo sguardo cristallino.

Si vedevano da appena cinque mesi, quando mio marito aveva addirittura concesso che i due fidanzatini partissero insieme per un week-end in montagna. Erano andati con loro anche i genitori di lui, ovviamente.

Ma per Bruno quel permesso era stata comunque una grande conquista personale.

Stefano si è tirato su di colpo e mi ha posato una mano sulla spalla.

« Marta, posso chiamarla per nome, signora Marta? »

Poteva chiamarmi come voleva, gli ho risposto. Anche zia, o mamma, o nonna, qualsiasi appellativo lo facesse sentire a suo agio.

Però l'ho implorato: almeno lui, una piccola idea di come far uscire Loredana da questo suo labirinto mortale, l'aveva?

Non ce l'aveva.

Stefano sembrava più disarmato di me.

« Loredana mi ha lasciato una mattina di ottobre all'uscita di scuola. Senza un perché. L'unica spiegazione che mi ha dato è stata: ho bisogno di rimanere da sola. »

Non una virgola in più.

Sono stata io, a quel punto, a prendere Stefano per le spalle: volevo sapere se per caso Loredana lo avesse lasciato la mattina del 12 ottobre.

Lui mi ha fissato con uno sguardo interrogativo.

Gli ho spiegato tutto.

Gli ho raccontato cosa era successo quel giorno.

Gli ho detto della porzione di spaghetti lasciata a metà nel piatto durante il pranzo.

Di come da quel momento la vita in casa nostra si fosse trasformata in un girone dantesco.

Di come la mia vita fosse diventata un'unica frenetica ricerca di una soluzione per la malattia di Loredana.

Frenetica e inutile.

Almeno fino a quel momento.

Avrei tanto voluto trovare insieme a lui una soluzione per Loredana.

La soluzione definitiva.

Stefano ha preso dalla tasca un fazzoletto e se lo è passato sul viso.

Sulla fronte.

Sul collo.

Sui polsi.

Poi ha fatto due respiri profondi.

«Signora Marta, c'è una cosa che bisogna fare

subito: deve impedire a Loredana di usare internet. »

Ha tirato fuori dalla tasca del giubbotto alcune fotografie.

Non me le ha mostrate, però.

Ha preferito spiegarmi a parole.

Mi ha risparmiata.

« Sta tappezzando i social network e i siti web più disparati con immagini allucinanti. Si fotografa nuda. Ed è magra... È magra da panico. »

Stefano aveva sperato fino all'ultimo si trattasse di un macabro scherzo.

O di un brutto errore.

I miei racconti gli avevano però tolto ogni speranza residua.

Mi ha chiesto se per caso fossi interessata a conoscere gli indirizzi internet dove era possibile visionare quell'agghiacciante reportage.

Aveva anche provato a informarsi per capire se fosse possibile cancellare quell'orrore dal web, in qualche modo. In qualsiasi modo.

Ma non c'era stato nulla da fare.

E adesso era disperato.

Io però non riuscivo a preoccuparmi per quelle fotografie.

Non saprei dire perché.

Non avevo certamente alcuna intenzione di vederle, ma non riuscivo a preoccuparmene.

Ad ascoltare le parole di Stefano, invece, sembrava quasi che, una volta cancellate quelle immagini dal web, sarebbe magicamente sparita anche la malattia dalla vita vera di mia figlia.

Ho lasciato perdere le dissertazioni sugli inganni che obnubilano le menti dei nativi digitali come Stefano e Loredana.

Ho tralasciato anche ogni considerazione sulla commistione, ormai quotidiana, fra vita reale e vita virtuale.

Mi è sembrato quanto di più inutile si potesse dire, in quel momento.

Ho chiesto invece a Stefano quale fotografia lo avesse angosciato di più.

Non ha esitato, l'ex fidanzatino di mia figlia: la fotografia dove Loredana si era voluta riprendere di schiena.

A Stefano veniva da piangere anche solo a ricordarla.

In quell'immagine di schiena, le scapole di Loredana sporgevano così tanto che lui si era sentito male e aveva dovuto spegnere il computer.

Stefano mi ha spiegato che sotto le fotografie mia figlia non inseriva commenti o didascalie, metteva soltanto qualche puntino di sospensione, talvolta punti interrogativi o, addirittura, esclamativi.

Non aveva idea del perché lo facesse.

« Da quando Loredana mi ha lasciato non riesco più a capire che cosa le passi per la testa. Eppure per oltre un anno abbiamo riso, abbiamo giocato e ci siamo divertiti insieme. Pazzamente, signora Marta. Loredana ha un amore enorme per la vita, mi deve credere. »

Capivo perfettamente cosa mi stava dicendo Stefano.

Era sempre stata la vitalità di Loredana ad amplificare il rimbombo delle risate tra le mura di casa nostra.

Ma c'era un'altra cosa che Stefano voleva farmi sapere. Una cosa che non gli era quadrata nella vita di Loredana, prima di quel maledetto 12 ottobre.

Era stata troppo allegra durante l'estate precedente.

Troppa allegria che con l'arrivo di settembre si era interrotta bruscamente trasformandosi, invece, in una cupezza cruda.

Muta.

Inafferrabile.

Conoscevo quell'allegria sfrenata di Loredana: era la cifra del suo carattere da quando era nella culla.

La cupezza di mia figlia invece mi era meno nota. Forse non lo era affatto.

Qualche volta, sì, qualche volta, con l'arrivo dell'adolescenza, era capitato che si chiudesse nella sua stanza senza voler vedere nessuno per ore e ore. Ma era perché voleva ascoltare in santa pace la sua musica, con le cuffie incollate alle orecchie.

Mia figlia adorava la musica, fin da quando era piccola piccola.

Stefano non ha insistito.

Ha infilato di nuovo il fazzoletto dentro la tasca della giacca e si è avvicinato per salutarmi.

Ho trattenuto a stento nuove lacrime che premevano sugli occhi.

Eravamo rimasti per tutto il tempo in piedi dietro l'angolo di casa mia, con la paura di muovere un passo e correre così il rischio di incontrare Loredana.

Non l'avremmo mai potuta incontrare, in realtà.

Ormai esce di casa sempre più di rado, mia figlia.

La mattina, quando deve andare a scuola, pure

le folate del vento tiepido di questa primavera si trasformano in lame ulceranti per la sua pelle senza spessore.

Il pomeriggio non esce praticamente mai.

Anche le amiche d'infanzia con il tempo hanno smesso di cercarla, una dopo l'altra.

Loredana non ha più risposto a nemmeno una delle loro chiamate.

Loredana non risponde mai a nessuno.

Il suo cellulare rimane sempre spento durante la giornata.

> « La questione è: come persuadere, indurre con l'inganno o con promesse di ricompensa, o costringere una paziente recalcitrante a fare ciò che è decisa a non fare e di riuscirvi senza causare altri danni psicologici? »

Alcune frasi del libro della psichiatra americana ogni tanto mi risuonano in testa ed entrano in risonanza con i miei pensieri.

Questa è forse la più disarmante di tutte: neanche la dottoressa Bruch aveva idea di come fare per indirizzare nella giusta direzione il comportamento di una malata di anoressia.

Penso non sia un caso che a questo punto del

suo libro Hilde Bruch avesse indugiato sul tema del ricovero forzato in ospedale delle pazienti anoressiche.

Persino lei.

Certo, la psichiatra americana nelle sue pagine ventilava la possibilità di un ricovero, ma poi si premurava di condirla con una grande quantità di dubbi e di perplessità sulla reale efficacia dell'ospedale.

Mio marito, però, ha già deciso.

Bruno ha contattato il medico di un ospedale e ha prenotato un posto.

Me lo ha detto dopo aver già organizzato tutto, e nella sua voce mi è sembrato di percepire un grumo di lacrime.

Non l'ho mai visto piangere.

«Amore, il medico dell'ospedale è un mio amico di infanzia. Uno stimato internista, un primario. So che troverà il modo giusto per aiutare la nostra Lory.»

Non riesco a trovare parole e motivazioni per replicare alla decisione di Bruno.

Non le voglio trovare.

La vita di Loredana sta scivolando con molta rapidità verso il confine con la morte.

«Dove hai trovato quell'aggeggio?»

«A casa della nonna.»

«Che cosa vuoi farci?»

«Montarci i filmini.»

«Quali filmini?»

«Quelli che mi ha regalato la nonna.»

«E che filmini ti avrebbe regalato nonna Patrizia?»

«Tutti quelli che aveva.»

«Cioè?»

«I filmini di quando tu e la zia eravate piccoli. Di quando lei e il nonno si sono sposati, sono andati in viaggio di nozze, poi sono tornati e zia Erika era già nella pancia della nonna. Ma anche tanti altri. Ce ne sono davvero un'infinità dentro questo scatolone. Guarda. Chilometri e chilometri di pellicola!»

«Eh sì, tuo nonno Fabrizio aveva una sorta di mania per le cineprese e per i filmini. Ma tu adesso che cosa pensi di farci con tutta questa roba, Lory?»

«La nonna, oltre alla moviola, mi ha regalato anche tutti gli altri aggeggi del nonno.»

« Quali aggeggi? »

« Quelli che servono per tagliare le pellicole, per incollarle tra di loro, per montarle e rimontarle. »

« Quindi? »

« Voglio mettere insieme un bellissimo reportage sulla vita della tua famiglia, papà! »

« Ma queste pellicole qui non si usano più, piccola mia. »

« E che cosa facciamo allora, buttiamo via tutto? »

« Ma no, Loredana. Basta trasformare le pellicole in riprese digitali. Possiamo portarle nel laboratorio qui vicino. »

« Non voglio portarle nel laboratorio, papà. »

« E che vuoi fare, allora? »

« Non me ne importa niente del digitale. Voglio lavorare le pellicole così come sono, con gli aggeggi di nonno Fabrizio. »

« Ma dopo non sapremo che farne. Secondo te dopo come facciamo a vederlo questo reportage in pellicola? »

« Nonna Patrizia mi ha dato anche il proiettore per la pellicola. »

« Ah sì? E tu hai già verificato che funziona? »

« No, ma... »

« Ma cosa, Lory? Vuoi fare un lavoro complicato,

che forse non sei nemmeno in grado di fare, e non hai idea se tutto questo poi potrà essere visto.»

«Lo vedi, papà? Tu ostacoli sempre tutte le mie idee creative.»

«Veramente, cara Loredana, io ti ho soltanto chiesto di verificare se il proiettore di nonna Patrizia funziona ancora.»

«Tu hai tarpato la mia creatività.»

Hanno dovuto prenderla con la forza. E quanta forza fisica avesse Loredana non era davvero possibile immaginarlo nel vederla così, drammaticamente ripiegata sopra il suo mucchietto di ossa.

L'ambulanza l'ha chiamata Bruno.

Loredana è corsa via e si è chiusa a chiave nella sua stanza.

Io sono rimasta inerme in cucina, con un bicchiere di vino tra le mani e sotto il sedere il piano del lavello che sembrava sostenere a fatica il mio sconforto.

Non ha urlato, nostra figlia, quando suo padre le ha annunciato l'intenzione di ricoverarla in ospedale.

In realtà non ha proprio detto una parola, come ormai succedeva praticamente sempre.

Loredana ha però tirato su l'indice della mano destra e lo ha mosso in un gesto di diniego.

Perentorio.

Poi si è chiusa nella sua camera da letto e ha selezionato una canzone sul suo iPod.

Quella canzone.

Sempre la stessa.

Rehab.

Ormai ho imparato a memoria anch'io le parole di Amy Winehouse.

Poi Loredana ha regolato il volume delle casse del suo iPod a un livello decisamente poco sostenibile.

Non sapevamo come intervenire per placarla.

Per fortuna Matteo non era in casa.

Lo avevamo mandato a dormire da sua nonna Patrizia, prevedendo le complicazioni della serata.

Tuttavia nemmeno i vicini hanno protestato per via della musica.

Forse non hanno fatto in tempo, visto che l'ambulanza del 118 è incredibilmente arrivata davanti al nostro portone in una manciata di minuti.

O forse i signori Marini si sono intimoriti vedendo gli infermieri salire per le scale con una lettiga di ferro.

Sono entrati due uomini in casa nostra.

Avevano le salopette arancioni indossate larghe sopra i camici bianchi.

Uno era un ragazzo alto alto e l'altro un signore piuttosto corpulento.

C'è quasi sempre un uomo corpulento a bordo delle ambulanze del 118, ho scoperto quella sera.

Agli infermieri delle ambulanze capita spesso di dover sfondare qualche porta nelle case dove vengono chiamati.

La porta della stanza di Loredana l'hanno buttata giù senza esitazione.

Senza fatica.

Sono abituati ai dinieghi perentori dei pazienti, quelli delle ambulanze del 118.

Io quella sera ho imparato anche che per la nostra legge una persona che non accetta di essere ricoverata può essere costretta a farlo.

Si chiama TSO, Trattamento sanitario obbligatorio.

Me lo ha insegnato mio marito.

Quel giorno Bruno era andato da Bernardo Meravigli, il medico numero due, per farsi rilasciare un certificato di TSO per Loredana.

Il Trattamento sanitario obbligatorio è l'unica coercizione sopravvissuta alla legge Basaglia per le persone che hanno problemi psichici.

Ai malati di anoressia nervosa viene applicato in casi molto rari.

Per questo il dottor Meravigli non aveva nessuna intenzione di rilasciare quel certificato per Loredana.

Bruno però era riuscito a convincerlo.

La sua determinazione è prepotente.

Si era documentato e aveva scoperto che l'anoressia è il disturbo psichiatrico con i più alti indici di mortalità, fra il 10 e il 20 per cento.

In quel momento la sopravvivenza di Loredana era in serio pericolo.

Il medico Bernardo Meravigli aveva potuto verificarlo leggendo i valori delle ultime analisi del sangue di mia figlia.

Tutti sballati.

Notevolmente sballati.

Drammaticamente sballati.

Bruno l'aveva implorato.

« Dottor Meravigli, non c'è tempo da perdere, la prego. »

Il medico aveva riletto attentamente i valori delle analisi di Loredana.

Poi aveva chiesto a mio marito quanto pesava in quel momento nostra figlia, e quanto era alta.

Il certificato lo aveva compilato immediatamente dopo aver saputo.

In un fiato.

Per un metro e sessantotto di altezza, Loredana era arrivata a pesare trentuno chili.

Bruno quella sera non ha aspettato che gli infermieri glielo chiedessero: quel foglio di TSO firmato da Bernardo Meravigli lo ha tirato fuori dalla tasca della giacca, con grande decisione.

La vita di mia figlia era sull'orlo del baratro quella sera in cui hanno sfondato la porta della sua stanza.

È stata sollevata di peso dal suo letto dal secondo infermiere del 118, un ragazzo giovanissimo alto come un pivot di pallacanestro.

Loredana non ha urlato quando il giovane infermiere pivot l'ha depositata sopra la lettiga dell'ambulanza.

È rimasta muta anche mentre l'infermiere corpulento la legava stretta stretta con le cinghie alla lettiga.

Quella sera mi sono chiesta se per caso l'anoressia stesse inibendo in mia figlia anche l'uso delle corde vocali.

Ma gli infermieri dell'ambulanza non mi hanno lasciato il tempo di verificarlo.

Hanno sollevato la lettiga, l'hanno spinta rapidamente fuori dal nostro appartamento e poi giù, in una corsa a passo svelto lungo i tre piani di scale.

Nessuno ha pensato di spegnere la musica.

Io ho lasciato apposta che l'iPod continuasse a suonare, a ripetizione, sempre quella stessa canzone.

Rehab.

Adesso un vero tormento.

Erano le nove di sera di sabato 31 maggio.

Mentre gli infermieri trasportavano la vita della mia vita lungo le scale del condominio, mi sono seduta sopra il divano del salotto e ho acceso una sigaretta.

Da sempre è vietato fumare in casa De Bellis.

Il capofamiglia non vuole.

Quella sigaretta l'avevo trovata in camera di Loredana, un pacchetto avvolto dentro un paio di leggings lilla.

Non avevo mai saputo che mia figlia fumasse.

Era da così tanto tempo che non fumavo nemmeno io.

Ho tossito, al primo tiro.

Ho tossito anche al secondo.

Non ho proseguito.

Sono andata in bagno a lavarmi i denti e ho sbriciolato la sigaretta dentro il water.

Ho anche mangiato una caramella alla menta e ho spruzzato un deodorante in salotto.

Non volevo che Bruno, tornando, sentisse odore di fumo.

Già, ma nel frattempo c'era una questione ben più importante: da quanto tempo Loredana si comprava le sigarette?

Pacchetti da venti, poi.

Non avevo più la possibilità di chiederle nulla.

Senza dubbio mia figlia in quel momento era stata già sistemata nell'ambulanza pronta a partire per l'ospedale.

Lei era pronta.

E io ero ancora dentro casa.

Mi sono precipitata giù per le scale saltando i gradini, a due, a tre per volta.

Dovevo raggiungere mia figlia, al più presto.

Ma è stata una corsa inutile.

Quando mi sono avvicinata allo sportello dell'ambulanza per salire, l'infermiere corpulento me lo ha impedito.

C'era già Bruno accanto a Loredana.

Dovevamo decidere: o io, o mio marito.

Una persona soltanto poteva accompagnare nostra figlia in ospedale con l'ambulanza.

Le regole erano molto chiare.

Bruno non accennava a scendere. Stava accarezzando i capelli di Lory.

Non si è voltato per guardarmi, nemmeno un istante.

Da quanto tempo non mi guardava più?

L'ultima volta che io e Bruno avevamo fatto l'amore era stato il giorno del suo compleanno.

Il 10 ottobre.

Impossibile dimenticarlo.

Subito dopo era esplosa la malattia di Lory.

Aveva travolto le nostre vite.

Cos'era rimasto in casa De Bellis?

Cos'era rimasto di me e di mio marito?

L'infermiere alto come un pivot si è avvicinato per chiudere il portello posteriore dell'ambulanza.

L'infermiere corpulento era già salito al posto di guida.

Solamente in quell'istante Bruno si è voltato a guardarmi.

«Ci penso io ad accompagnare Lory. Devo parlare con il mio amico medico.»

Non ho replicato.

Mi sono accostata all'angolo della strada e ho

aspettato che il portello venisse definitivamente chiuso e l'ambulanza si muovesse.

Sono rimasta sul marciapiede anche quando l'infermiere corpulento ha acceso la sirena e ha premuto il pedale dell'acceleratore.

Non mi sono mossa da quella posizione nemmeno quando l'ambulanza ha svoltato a destra al semaforo ed è sparita completamente dal mio campo visivo.

C'era poco più di un chilometro e mezzo di distanza fra casa nostra e l'ospedale dove stavano ricoverando Loredana.

L'ultima volta che c'ero stata, io e Bruno avevamo accompagnato Matteo per un'operazione alle tonsille.

Lo avevamo accompagnato insieme, quella volta.

Mi sono resa conto che non mi sarebbe stato affatto difficile raggiungere l'ospedale.

Avrei potuto andarci anche a piedi: camminando a passo svelto avrei impiegato forse una ventina di minuti, mezz'ora al massimo.

Con un taxi sarei stata lì in cinque minuti.

Ma avrei potuto usare anche la mia auto. Era parcheggiata proprio davanti a me e per le chiavi non avrei dovuto fare altro che rientrare in casa e prelevarle dall'ingresso.

All'ingresso di ogni nostra casa c'erano sempre stati doppioni di qualsiasi chiave utile a ciascun membro della famiglia.

La previdenza di Bruno.

E invece sono rimasta in piedi sul marciapiede.

Immobile.

Alberto Marini è sceso proprio in quel momento con il suo rumorosissimo bassotto al guinzaglio.

Le note di *Rehab* continuavano a risuonare per tutto il condominio, con una ripetizione ossessiva. Senza soluzione di continuità.

Si diffondevano lungo la tromba delle scale e arrivavano fino al punto in cui mi trovavo io, sul marciapiede, davanti al portone del nostro palazzo.

Alberto Marini si è sentito in dovere di fermarsi a parlare con me, addirittura sorridendo. La conosceva anche lui, quella canzone, ci ha tenuto a dirmi balbettando un po'.

In realtà, la canzone la conosceva sua nipote Laura, la figlia di sua figlia Maria.

Lo guardavo senza riuscire a interloquire.

Ma Alberto Marini andava avanti, spedito.

Sua nipote quella sera era rimasta a cena a casa loro e quando aveva sentito le note di quella canzone si era subito messa a canticchiarla.

Il bassotto al guinzaglio ha cominciato a mostrarmi i denti e a ringhiare.

Io mi sentivo in grande imbarazzo.

Il mio vicino di pianerottolo non era mai stato tanto gentile e ciarliero.

Gli ho regalato un sorriso.

Il bassotto si è messo a ringhiare ancora più forte.

Ne ho approfittato e mi sono infilata rapidamente dentro al portone del palazzo.

Volevo zittire l'iPod di Loredana.

Dovevo zittirlo, il prima possibile.

Anche se mi rendevo conto che ormai era del tutto inutile.

Era tardi.

Ormai tutto il palazzo aveva capito cosa fosse successo quella sera.

Avevano capito che mia figlia era diventata pazza.

Avevano capito che quella sera Loredana De Bellis era stata ricoverata in ospedale per problemi psichici.

Con la forza.
Contro la sua volontà.

Ancora non lo potevo sapere, ma quell'ospedale sarebbe diventato la nuova casa di Loredana per quasi un mese.

La foto in prima pagina era piuttosto piccola, pubblicata sulla colonna di sinistra, nella parte bassa.

Stefania era felice, in quell'immagine, una penna tra le dita a vergare un foglio bianco.

Non riuscivo a staccare gli occhi dal suo sorriso interrotto in due punti dai denti che non c'erano più.

Neanche Stefania c'era più.

Il titolo del quotidiano del mattino era stato una coltellata:

È morta Stefania Sabbadini
una vita di lotta contro l'anoressia.

Aveva trentanove anni ed era diventata anoressica a sedici.

La stessa età di Loredana.

Stefania Sabbadini aveva raggiunto nel tempo anche lo stesso impronunciabile peso che aveva adesso mia figlia e lo aveva voluto sbattere in copertina come titolo di un libro autobiografico:

Trenta chili.

Loredana aveva buttato nel water venti chili della sua meravigliosa giovinezza.

Aveva raggiunto il peso di un bambino di dieci anni.

Trenta chili.

I primi due giorni non avevano voluto lasciarmi entrare nell'ospedale dove era stata ricoverata.

Il terzo giorno era stato necessario insistere a lungo.

Adesso, il quarto, mentre aspettavo in salotto che arrivasse l'orario delle visite, mi era finita tra le mani quella terribile storia.

Stefania Sabbadini era nata a Roma nel 1969 e si era laureata in Scienze biologiche (indirizzo Scienze dell'alimentazione). Stava terminando il secondo anno del corso di laurea in Scienze infermieristiche e voleva aprire una casa famiglia per aiutare le ragazze affette da disturbi alimentari. Un passo alla volta verso una vita nuova che però il suo corpo, troppo provato dalla malattia, non le ha più permesso di compiere.

L'articolo aveva la freddezza di un necrologio.

Non diceva nulla della famiglia di questa sfortunata donna di nome Stefania. Non una riga sulla mamma, il papà, un fratello, una sorella, una zia, una cugina.

Nulla.

L'autore dell'articolo aveva voluto citare solamente una psicologa, quella che a suo tempo aveva scritto con lei a quattro mani il libro *Trenta chili*.

Gran titolo, non c'è che dire.

Nell'articolo la psicologa diceva la sua sull'anoressia e anche su questa povera donna che della malattia aveva sofferto fino a morirne.

A concludere il pezzo ci pensava quindi il giornalista con una notizia che aveva dell'incredibile: Stefania era morta per arresto cardiaco.

Ah sì?

Mi era venuta voglia di telefonare al quotidiano e chiedere al giornalista cosa volesse dire secondo lui morire per arresto cardiaco.

Si muore sempre perché il cuore si ferma.

Il cuore, appunto, si arresta, e la vita cessa di esistere.

Ma perché si era arrestato il cuore di Stefania Sabbadini? Lo sapeva dire il giornalista?

Nell'articolo non era specificato, e invece era l'informazione che avrei voluto avere.

Che chiunque avrebbe voluto avere.

Quando si è alzato dal letto, Bruno mi ha trovato seduta sul divano con una lente d'ingrandimento puntata sulla prima pagina del quotidiano.

Dormivo a malapena quattro ore per notte da quando Loredana era stata portata via con la forza da casa ed era stata ricoverata in ospedale.

Quella fotografia di Stefania Sabbadini me la stavo rimirando da più di un'ora, ormai.

Avevo calcolato che prima delle nove del mattino era inutile muoversi dal divano, non mi avrebbero mai permesso di entrare in ospedale così presto per vedere mia figlia.

Bruno si è stropicciato gli occhi e si è avvicinato alla mia lente d'ingrandimento che metteva a fuoco la fotografia della donna morta.

Era vestita in modo elegante Stefania Sabbadini, nella foto pubblicata sul giornale.

Aveva messo anche grande cura nella scelta degli accessori, sebbene il suo vestito nero senza maniche lasciasse indovinare le stesse scapole drammaticamente sporgenti che aveva adesso Loredana.

Anche i capelli di Stefania assomigliavano alla saggina delle scope che ricopriva la testa di mia figlia.

Bruno non ha avuto bisogno di farmi domande. Ha letto il titolo sulla prima pagina del quotidiano e me lo ha strappato dalle mani.

Ormai non serviva, però.

Avevo già imparato a memoria ogni virgola dell'articolo.

Ero sveglia dall'alba e l'angoscia aveva già avuto il tempo di pervadere ogni piega del mio corpo finendo per afferrare e strapazzare pure i risvolti della mia anima malandata.

Non lasciava speranza, quell'articolo.

Quando parlava del libro *Trenta chili*, il giornalista spiegava che era la storia di una ragazza che aveva passato vent'anni contando i grammi che la separavano dalla vita, dagli affetti e dalla paura, correndo tra un ricovero e l'altro.

Correndo tra un ricovero e l'altro.

Mi stavo palleggiando quelle parole nel cervello come un mantra, assassino e implacabile.

Non riuscivo a fermarle.

Correndo tra un ricovero e l'altro.

Tra un ricovero e l'altro.

Tra un ricovero e un altro ricovero.

Tra un ricovero e un altro ricovero ancora.

Che cosa voleva dire?

Che la mia Loredana era soltanto all'inizio di una staffetta mortale?

Bruno mi ha portato sul divano una tazza di caffè bollente, senza biscotti e con una bustina di dolcificante al posto dello zucchero.

Adesso che Loredana non era in casa, evidentemente mio marito aveva deciso di assecondare il mio desiderio di mettermi a dieta.

Non ho resistito.

Mi sono alzata e sono corsa in cucina.

Volevo mangiare.

Stramangiare.

Mi sono preparata un toast, un frullato e pure un panino al salmone.

Bruno non ha commentato. Mi ha seguito in cucina serafico, mi ha passato una mano tra i capelli. Poi mi ha voluto rassicurare: anche quella mattina avrebbe accompagnato lui Matteo a scuola.

Non era mai stato tanto premuroso.

Non avevamo mai avuto una figlia ricoverata in ospedale, in lotta contro la morte.

Una lotta talmente assurda.

Le cause di quella battaglia Loredana le aveva generate tutte da sola.

Lei, da sola.

E stava continuando a portarle avanti con un'ostinazione indescrivibile.

Inesorabile.

Ma perché?

> «Quanto più a lungo dura la malattia e quanto più peso perdono, tanto più le anoressiche si convincono di essere speciali e diverse, che l'essere tanto magre le rende meritevoli, significative, straordinarie, eccentriche o eccezionali; ciascuna ha una parola tutta sua con cui descrivere lo stato di superiorità per il quale lotta. A questo punto sentono di non poter più comunicare con la gente ordinaria, incapace di capire.»

Il libro di Hilde Bruch adesso lo avevo nascosto dentro lo scaffale sopra i fornelli, coperto dai pacchi di pasta di grano duro. Un posto dove nessuno mai sarebbe andato a guardare, a parte me, visto che Virginia in casa nostra ci veniva soltanto per fare le pulizie, mentre cucinare era un mio compito esclusivo.

Ma cosa mi stava dicendo questa volta la psichiatra americana?

> «... quanto più a lungo dura la malattia e quanto più peso perdono, tanto più le anoressiche si convincono di essere speciali e diverse... »

C'era bisogno di perdere peso per conquistare l'autostima?

Di Loredana avevamo sempre detto tutti quanto fosse speciale, diversa, eccezionale.

Perfino superiore, quando non erano bastate le altre parole per descriverla. Non soltanto per i voti eccellenti di tutte le pagelle del suo ciclo scolastico.

La nostra Lory aveva avuto sin da piccola una enorme capacità di relazionarsi con gli altri. Diventava sempre la guida di ogni gruppo di amici che le capitava di frequentare.

Mia figlia non avrebbe avuto alcun bisogno di smettere di mangiare per potersi sentire speciale e diversa, glielo garantisco, dottoressa Bruch.

Non credo che sia davvero questa la causa della malattia di mia figlia.

Non posso crederci.

Signora Hilde, sto continuando a leggere e rileggere le belle pagine del suo volume, ma non riesco a trovare nemmeno una riga che possa suggerirmi un modo per far tornare la mia piccola sulla giusta strada della vita.

Probabilmente dentro le pagine del suo libro non c'è una soluzione.

O forse dovrei dire: sicuramente non c'è.

In fondo basterebbe fermarsi alla copertina e riflettere sul titolo:

La gabbia d'oro.
L'enigma dell'anoressia mentale.

Non sono state scelte a caso queste parole. Ogni sillaba ha il peso di un macigno.

L'avevo già letto alcune settimane fa il titolo del suo libro, signora Hilde.

Ma adesso c'è una parola che mi si è accesa davanti agli occhi come una luce al neon.

È rimbalzata dentro lo stomaco.

Sopra l'anima.

Una parola senza speranza.

Enigma.

Ha assunto la forma di una lama, questa parola.

Una lama che, partendo dal cervello, è arrivata dritta dritta a perforare il cuore.

Enigma.

Mistero.

Problema oscuro.

Senza soluzione.

No, no, no.

Non voglio pensarci nemmeno per un minuto che neanche lei, dottoressa Hilde Bruch, sia riuscita a trovare una soluzione che possa salvare la vita di Loredana.

« Lasciami stare, ti prego. »

« Impossibile. Ma dai, che ficata. Ripensa alla sua faccia, alle sue smorfie: 'Signorina De Bellis, meno male che lei era l'allieva migliore del corso. Non si vergogna?' »

« Smettila. »

« L'allieva migliore. L'allieva migliore. L'allieva migliore... Hi, hi, hi... »

« Filippo, se non esci immediatamente dalla mia stanza... »

« Cosa fai, Loredà? Chiami il direttore del centro che ti ha appena messo in punizione? Guarda che se Mr Panizzi ti trova con un maschio dentro la camera, altro che un giorno, ti tiene segregata in questa stanza per tutto il resto della vacanza. »

« Del soggiorno-studio, Filippo. »

« Ah, certo: il soggiorno per lo sport e lo studio dell'inglese, tutto qui, nel meraviglioso Yorkshire. Mi perdoni tanto l'inesattezza, mia cara signorina allieva che passa in un batter d'occhi dalle stelle alle stalle. Ma perché non ti rilassi, invece? »

« Filippo, ho appena preso una punizione esemplare dal capo di questo posto e non so nemmeno se qualcuno abbia telefonato a casa ai miei per informarli. Vuoi avere un pochino di pietà? »

« La mia pietà è questa: farti scendere nel mondo degli umani, finalmente. »

« Ma perché, in quale mondo mi trovo io invece secondo te, Filippo? »

« Seriamente, Loredà? »

« Certo. »

« Da quanto tempo ci conosciamo? »

« Be', considerato che adesso abbiamo quattordici anni e che le nostre madri si sono conosciute al corso di parto quando erano incinte di noi, possiamo serenamente dire che ci conosciamo esattamente da quattordici anni, anche se non siamo nati nella stessa clinica perché tua madre è voluta andare a partorire nell'ospedale vicino alla vostra casa al mare. »

« Sono un figlio delle stelle marine. »

« Sei un imbecille. Vuoi dirmi cosa c'è che non va? »

« Sei tutto troppo, Loredana. »

« Troppo cosa? Che vuoi dire? »

« Sei troppo intelligente. Troppo colta. Troppo brava. Troppo socievole. Troppo chiacchierona. Troppo intraprendente. Troppo spigliata. Troppo affidabile.

Per fortuna qualche volta anche troppo scema, com'è successo stasera, ad esempio. »

« Vuoi dire che è stata una fortuna per me essermi fatta beccare con in mano la bottiglietta di gin che tu e Leonardo avevate comprato da qualche parte in questo benedetto paesello? »

« Voglio dirti, Loredana, che non è possibile vivere sempre ai massimi livelli come fai tu. »

« Ai massimi livelli? »

« Già. Non si può volare sempre oltre. E oltre. E oltre ancora. Perché si cade, alla fine. Ci si rompe. E ci si fa anche male. Molto, molto male. »

Non mi ha voluto nemmeno dire come stava Loredana.

Se stava mangiando.

Se stava dormendo.

Se aveva sbocconcellato almeno qualche briciola di pane. Succhiato un cucchiaio di minestra.

Nulla.

La giovane infermiera all'ingresso del reparto mi ha spiegato soltanto che in quel momento il primario stava facendo il suo giro di visite e che quindi non potevo assolutamente entrare per vedere Loredana.

Non ha ascoltato ragioni.

Il giorno prima a quella stessa ora ero seduta al capezzale di mia figlia e nessuno aveva avuto nulla da ridire o mi aveva fatto notare che era contro qualche regolamento.

Obiezioni inutili.

Il primario sta facendo il suo giro, mi ha ripetuto in tono asettico l'infermiera infilandosi dentro quello che mi è sembrato lo sgabuzzino delle scope, e lasciandomi in piedi, da sola, davanti alla porta del reparto.

Sono andata a sedermi nell'atrio dell'ospedale, vicino all'ingresso.

Ad aspettare.

Il giro di visite del primario doveva avere un termine. Per definizione.

Ho lasciato passare più di un'ora e un quarto.

Poi sono tornata davanti al reparto dove era ricoverata Loredana.

C'era sempre la stessa infermiera davanti alla porta. Bionda, di un biondo assolutamente finto, oltretutto con la tinta distribuita piuttosto male sui capelli.

Le ho chiesto cortesemente se l'orario delle visite nei reparti fosse terminato, a quel punto.

Non si è neanche voltata a guardarmi.

Non alzo mai la voce, nemmeno nelle discussioni più accese con Bruno.

Nemmeno se qualcuno mi soffia all'ultimo momento un parcheggio scovato dopo mille peripezie.

Semplicemente penso che un tono pacato sia ben più potente ed efficace di un tono alterato e molesto.

Ma quella mattina l'infermiera biondo-tinta mi ha fatto superare ogni limite di tolleranza.

Si era colorata le labbra con un rossetto prugna, sulle unghie si era invece spennellata un inquietante smalto blu cobalto.

L'ho acchiappata da dietro per il camice mentre cercava di trovare rifugio dentro al reparto.

Ho urlato.

Deve essersi impaurita.

Le ho intimato di farmi parlare con un responsabile, al più presto.

Finalmente si è voltata verso di me.

Ha chinato lo sguardo verso il pavimento, ha intrecciato le dita colorate di blu e mi ha detto, con voce flebile, di aspettare nell'ingresso.

Sarebbe andata subito a chiamare lo psicologo.

Mi sono rifiutata di tornare nell'ingresso dell'ospedale.

Mi sono appollaiata invece sul davanzale della finestra, proprio davanti all'entrata del reparto.

Non staccavo lo sguardo dalla porta chiusa.

Quella porta mi stava impedendo di abbracciare mia figlia.

Il cellulare ha cominciato a vibrare dentro la borsa.

L'ho lasciato al suo destino.

Io dovevo parlare con lo psicologo.

Chiunque mi stesse chiamando, poteva aspettare.

Doveva aspettare.

Le vibrazioni però continuavano, insistenti.

Ho preso in mano il telefono per far cessare quel rumore molesto.

Ma un attimo prima che la luce sparisse definitivamente dal display, il numero della scuola di Loredana ha fatto in tempo a imprimersi sulle mie pupille.

La scuola, accidenti.

Nessuno in quella settimana aveva avvisato l'istituto privato frequentato da mia figlia.

Avrei dovuto pensarci io.

Ma io adesso non avevo la minima idea di cosa raccontare al preside.

Dal fondo del corridoio vedevo avanzare un uomo sulla quarantina, più o meno.

Aveva i capelli ricci un po' lunghi sopra la nuca e portava il camice bianco d'ordinanza completamente sbottonato.

Aveva tutta l'aria di essere lui lo psicologo.

Ho riacceso il telefono, velocemente.

L'uomo con i capelli ricci si era appena fermato a metà del corridoio a parlare con un uomo che aveva i capelli bianchi, non portava il camice e indossava un elegante completo gessato blu.

Ho richiamato il numero della scuola.

Era quello diretto della presidenza, per fortuna.

L'uomo con i capelli ricci continuava a parlare animosamente in corridoio con quello che sembrava un dirigente dell'ospedale.

Magari era lui il primario del reparto.

La segretaria ha passato la mia telefonata senza farmi aspettare.

Il dottor Attilio Giosberti, il preside, è un uomo concreto e sbrigativo, due qualità che in quel frangente ho apprezzato come non mai.

Ho improvvisato una scusa: Loredana era a letto con una brutta e fastidiosissima varicella.

Dall'altro capo del telefono non mi è arrivato alcun suono in risposta.

Ho proseguito, spiegando che era l'unica malattia esantematica che non aveva avuto durante l'infanzia.

Il preside Attilio Giosberti continuava ad ascoltarmi in assoluto silenzio.

Sono andata avanti.

Arrampicandomi sugli specchi.

Ho raccontato che in verità Loredana non aveva avuto nemmeno la scarlattina, ma quella era una malattia davvero rara e c'era da sperare che non le venisse proprio adesso, da grande. Già la varicella si stava dimostrando piuttosto invasiva e seccante per una ragazza che ormai aveva compiuto sedici anni.

Attilio Giosberti dall'altra parte del telefono non ha assentito e non mi ha fatto domande.

Ha tossito.

Probabilmente non aveva creduto a una sola parola fra le tante che gli avevo appena propinato.

Forse avrei fatto meglio a dirgli la verità.

A parlargli del ricovero di Loredana.

Tutti a scuola si erano resi conto del profondo stato di malessere di mia figlia.

Proprio tre giorni prima mi era arrivata sul cellulare la telefonata di Annalisa Bardani, la professoressa di Lettere. Il pretesto era stato quello di sollecitare un colloquio che da troppo tempo non avevo più avuto né con lei né con gli altri insegnanti di Loredana.

La verità è che anche Annalisa Bardani avrebbe voluto sapere se davvero Loredana De Bellis era stata ricoverata con la forza in ospedale, come ormai sostenevano tutti i suoi compagni di classe.

Chissà da chi lo avevano saputo.

Probabilmente pure il preside Giosberti sperava di ricevere da me la stessa informazione.

Ma non lo ha dato a intendere.

« Ci faccia avere un certificato al più presto, signora De Bellis. E soprattutto faccia tanti auguri alla sua ragazza da parte mia. Da parte nostra. »

Aveva certamente capito tutto.

Ma io a quel punto dovevo continuare a portare avanti la mia recita.

Volevo condurla fino in fondo.

Nell'improvvisare la bugia al preside, avevo contato sul fatto che Bernardo Meravigli, il medico numero due, ci avrebbe concesso anche quel certificato di varicella conclamata come copertura per le assenze a scuola di Loredana.

Adesso però mi stava venendo il timore della reazione di Bruno.

Non avevo consultato mio marito prima di inventare quella bugia.

Non ne avevo avuto il tempo.

Non avevo avuto nemmeno il tempo di pensare quale avrebbe potuto essere la sua reazione.

L'uomo sulla quarantina con i capelli ricci e il camice sbottonato sopra i blue jeans era arrivato vicino a me.

Io ero ancora appollaiata sul davanzale della finestra davanti alla porta del reparto.

Non mi sono alzata.

Lui mi ha teso la mano e me l'ha stretta.

Una stretta debole.

Moscia.

Desolante.

Non ha fatto troppi convenevoli.

Mi ha chiesto se avevo voglia di seguirlo nella stanza al primo piano.

Nella stanza degli psicologi.

Era lo psicologo di turno dell'ospedale.

Dentro la caserma dei carabinieri ci sono entrata come in *trance*. L'ingresso si trovava proprio accanto all'uscita secondaria dell'ospedale, quella dietro il pronto soccorso.

Il piantone non si è però accorto della mia angoscia. Mi ha gettato addosso uno sguardo distratto da dietro il vetro della portineria.

Quindi la domanda di routine.

« Ha qualcosa da denunciare, signora? »

Volevo denunciare tutti.

Lo psicologo di turno.

L'infermiera biondo-tinta.

Il portiere.

E pure il primario, se l'uomo che avevo visto nel corridoio con i capelli bianchi e il completo blu gessato era effettivamente il primario.

Se poi era stato proprio il primario a dare disposizioni sulla gestione della vita di mia figlia, avrei voluto chiedere un processo per direttissima.

Ho preferito però dare anch'io una risposta di routine al piantone dietro il vetro.

Mi hanno rubato il portafoglio, ho detto, spiegando che oltre ai soldi e alle carte di credito aveva dentro anche tutti i documenti.

La patente.

La carta d'identità.

La tessera sanitaria.

Il tesserino dell'ordine degli avvocati.

Il giovane carabiniere ha avuto un sussulto di piacere.

«Accidenti, signora, anch'io sto studiando Giurisprudenza. Per diventare avvocato sarei disposto persino a lasciare la divisa dell'Arma.»

Questa confidenza il piantone me l'ha fatta sussurrando di nascosto, la mano a coprire la bocca.

Gli ho sorriso, fingendo complicità.

Io sono un avvocato, ma non esercito.

Ho il tesserino dell'ordine, ma questa è un'altra storia.

A venticinque anni avevo completato il praticantato presso uno studio legale importante, probabilmente all'epoca il più importante di Roma.

Di conseguenza mi ero potuta iscrivere agli esami di abilitazione.

Ecco perché possedevo il tesserino.

Erano quasi vent'anni che continuavo a pagare

le tasse annuali all'ordine degli avvocati, ma non avevo mai più praticato la professione.

Nemmeno per un giorno.

Bruno non aveva voluto.

Era stato il suo modo di proteggermi.

Si sarebbe occupato lui di me, io non dovevo lavorare.

Semplicemente.

Al piantone non ho raccontato nulla di tutto questo.

Ho continuato a sorridergli.

Lui aveva preso in mano il telefono e adesso stava avvisando il maresciallo di turno del mio arrivo.

Non ho fatto nemmeno in tempo a sedermi di fronte alla scrivania dell'ufficio denunce.

Sono scoppiata in lacrime prima.

Il maresciallo, un giovane con i capelli radi e due baffi folti folti, non ha dato segni di turbamento.

Mi ha allungato un fazzoletto di carta e due parole di conforto.

« Mi creda, signora, ci sono guai assai peggiori di un portafoglio smarrito. »

Stava accendendo il computer e si preparava a compilare la mia denuncia.

L'ho guardato dritto negli occhi.

Ha ricambiato con uno sguardo fisso.

Energico.

Duro.

Non mi ha intimorito.

Gli ho chiesto se aveva figli.

Gliene sarebbe nato uno di lì a qualche mese, mi ha detto, e il suo sguardo si è sciolto in una luce diffusa.

Ho proseguito chiedendo se per caso sarebbe nata una femmina, di lì a qualche mese.

Il maresciallo è tornato al suo sguardo d'ordinanza. Mi ha risposto in modo sbrigativo.

« Non lo so. Non abbiamo voluto sapere il sesso del nascituro. »

Poi si è voltato verso il computer.

« Signora, adesso può dirmi finalmente quanti soldi aveva nel portafoglio che le hanno rubato? »

Per tutta risposta mi sono messa a frugare nella borsa, tirandolo fuori integro, il mio portafoglio.

L'ho posato sopra il tavolo, ben visibile.

Come un trofeo.

Il maresciallo non ha cambiato espressione.

Ha spento il computer e si è voltato verso di me.

« Vuole un caffè? »

Ormai erano le tre e mezzo del pomeriggio e dalla mattina alle nove avevo praticamente prosciugato la macchinetta del caffè all'ingresso dell'ospedale.

Non avevo mangiato nulla, nemmeno un biscottino per sbaglio.

Come se mi avesse letto nel pensiero, il maresciallo ha tirato fuori dal cassetto della scrivania un pacchetto di cracker e me li ha offerti.

Non avevo voglia di mangiare.

Volevo parlare.

Avevo bisogno di parlare.

Era una necessità.

Un'urgenza che mi stava dilaniando.

Sono esplosa.

Le parole hanno cominciato a sgorgare dalla mia bocca con l'impeto della lava di un vulcano in eruzione.

Il maresciallo mi guardava in silenzio.

Non muoveva un ciglio e nemmeno un pelo dei suoi baffi folti folti mentre vomitavo sopra la sua scrivania le prime frasi dello sproloquio dello psicologo dell'ospedale.

Lo psicologo in blue jeans aveva esordito con un'affermazione categorica: io accanto a mia figlia distesa in quel letto d'ospedale non ci potevo stare.

Poi, senza concedermi alcun diritto di replica, era partito con la sua concione: l'anoressia è un sintomo che rappresenta la strategia estrema di chi ne soffre per sganciarsi dal legame soffocante con la madre.

Aveva anche un piccolo cerchio dorato che gli forava il lobo sinistro dell'orecchio, lo psicologo in blue jeans.

Mentre parlava con me se lo era rigirato più e più volte fra le dita.

Poi aveva concluso con un affondo: era la madre la vera colpevole di quel sintomo, la vera colpevole dell'anoressia.

Aveva anche fornito la sua spiegazione, lo psicologo in jeans: era stata la madre che non aveva permesso alla soggettività della figlia di farsi strada.

Da qui l'anoressia.

Da qui il mio desiderio di denunciarlo.

Il maresciallo con i baffi folti folti ha ascoltato la prima parte del mio sfogo senza cambiare espressione.

Quindi ha versato l'acqua da una bottiglia che aveva preso dalla libreria alle sue spalle.

Mi ha porto il bicchiere colmo.

Ho trangugiato il contenuto in un sorso.

Lui mi ha versato subito altra acqua, e poi ancora, e ancora, e di nuovo altra.

Ho bevuto come se avessi appena attraversato il deserto del Sahara.

Ero invece reduce da una sfida in cui le regole erano state decise da chi il boccino lo aveva messo già in tasca e non aveva alcuna intenzione di tirarlo fuori per giocare alla pari.

Lo psicologo di turno aveva cercato di convincermi che non lasciarmi incontrare mia figlia fosse parte integrante della strategia terapeutica.

Una parte fondamentale dell'intera terapia di riabilitazione, addirittura.

Non mi aveva nemmeno guardato negli occhi mentre istruiva la sua arringa.

È la madre che impedisce alla figlia di compiere il processo di separazione-individuazione, mi aveva sibilato.

Se non capivo questo, sarebbe stato completamente inutile andare avanti.

Secondo lo psicologo, se Loredana soffriva di quella orribile malattia, la colpa era mia e soltanto mia, perché per un'anoressica il conflitto con il corpo appare come l'unico percorso che il suo io debole può intraprendere per compiere un processo di autonomizzazione.

Il maresciallo non ha cambiato espressione nemmeno a questo punto del mio sfogo.

Mi ha offerto invece un altro fazzoletto di carta e ha posato i gomiti sul tavolo a sorreggere le tempie.

Io continuavo a piangere.

Lui continuava a prestarmi attenzione.

Ho tirato su con il naso.

Il moccio mi stava colando giù, lungo le labbra, neanche fossi una bimba caduta da un'altalena.

Non mi importava, però.

Ormai avevo rotto qualsiasi argine del pudore.

Ho proseguito.

Ho chiesto al mio maresciallo se avesse colto l'assurdità della situazione.

Non ho atteso la sua risposta.

Secondo queste teorie, una figlia si lascia letteralmente morire soltanto per il desiderio di consumare una vendetta contro la madre.

Lo psicologo di turno dell'ospedale aveva usato una frase assai più ridondante: per l'anoressica non mangiare diventa una manovra per separarsi dalla madre tramite il rifiuto del cibo.

Ma il concetto era sempre lo stesso orribile concetto.

Che conduceva alla stessa improponibile conclusione.

Ovvero che io non potevo assistere mia figlia malata in ospedale.

Il maresciallo non mi stava più guardando.

Aveva staccato i gomiti dalla scrivania e si era girato verso la libreria alle sue spalle.

Ora stringeva tra le mani un volume grosso con la copertina rigida e lo sfogliava con grande attenzione.

Ho smesso di parlare e anche di piangere, nello stesso istante.

Lui non ha smesso di consultare il suo librone.

Ho inclinato la testa cercando di sbirciare la copertina del volume.

Il maresciallo mi ha anticipato: era un codice di procedura penale.

Lo stava sfogliando da cima a fondo.

Voleva capire.

Capire se esistevano gli estremi per una denuncia contro lo psicologo.

Una denuncia penale, appunto.

Un'idea che gli era venuta ascoltando il mio sfogo.

Considerando lo sproloquio dello psicologo dell'ospedale.

« Signora, secondo me si potrebbe fare una denuncia per qualcosa tipo omissione di soccorso. No, omissione di soccorso non va bene. Ma pensiamoci meglio, sono certo che qualche appiglio legale ben più solido e congruo si può sicuramente trovare. »

Il maresciallo aveva posato il suo librone sopra la scrivania e aveva tirato fuori dal cassetto una piccola scatola.

Liquirizie.

« Ne prenda un po', mi dia retta, le tirano su la pressione. Bisogna trovare il modo per far arrivare la nostra denuncia sul tavolo di un magistrato della procura. Dobbiamo trascinarlo in tribunale questo psicologo ignorante e cafone. »

Ho tirato su un mucchietto di liquirizie dalla scatoletta sulla scrivania.

Il maresciallo ha rilanciato offrendomi anche una sigaretta.

« In teoria qui non si potrebbe fumare. Ma oggi si può fare un'eccezione. Come si permette uno psicologo da strapazzo di impedire a una madre di vedere sua figlia ricoverata in ospedale?

Deve esistere per forza una legge che lo inchioda alle sue responsabilità. Mi consulterò con il mio superiore. Mi dispiace, ma io non sono troppo abile a gestire questo tipo di argomenti.»

Non ho accettato la sigaretta.

Mi sono invece alzata di scatto dalla sedia e l'ho baciato sulla fronte.

Il maresciallo mi è sembrato imbarazzato.

Ci ha pensato il giovane carabiniere della portineria a risolvere la situazione. Ha bussato alla porta ed è entrato nella stanza senza aspettare risposta.

«Maresciallo, mi perdoni: nell'androne si è creata una fila interminabile. Non so più da che parte girarmi.»

Stavo parlando con il maresciallo di turno da oltre un'ora e mezzo.

Non me n'ero resa conto.

Non ce n'eravamo resi conto, nessuno dei due.

Il maresciallo non si è scomposto.

Ha preso un foglio di carta e ci ha scritto sopra il numero del suo cellulare.

Mi ha chiesto gentilmente se volevo lasciargli anch'io il mio.

Ci saremmo sentiti il prima possibile.

Lui era a mia disposizione.

Io sono uscita dalla caserma e ho potuto guardare l'ospedale con occhi diversi.

Adesso avevo le forze dell'ordine dalla mia parte.

Non vedevo l'ora di raccontarlo a Loredana.

«Non ci sarà mai una giustizia giusta in questo mondo.»

«Perché sei così pessimista, cucciola?»

«Josef K. è vissuto quasi un secolo fa. E non si può dire che in questi cento anni sia cambiato qualcosa nel nostro sistema giudiziario.»

«Josef K.? E chi è?»

«Stefano, non mi dire che non hai letto i romanzi di Kafka.»

«Se te lo dico cosa mi fai, Lo'?»

«Come minimo ti condanno a leggerteli tutti. E dopo vedrai che mi ringrazierai.»

«Sei sicura?»

«Sì, sono sicura. Il processo *di Kafka è un vero e proprio faro del Novecento per comprendere le storture del nostro sistema giudiziario. Di più: delle nostre regole umane di giustizia.»*

«Però adesso siamo negli anni Duemila...»

«E allora? La grandezza di Kafka va oltre i confini dei secoli.»

«Ah sì?»

«Ma certo! Come puoi non conoscerlo? Il genio della Metamorfosi.*»*

«Vuoi dire Leopoldo Fregoli?»

«E chi è Leopoldo Fregoli?»

«E vai, Loredana! Uno a zero palla al centro. Anche Fregoli è vissuto un secolo fa, più o meno. Era un attore. Un attore molto particolare, il genio del trasformismo. In scena era capace di cambiare abito e personaggio nel giro di pochi secondi.»

«E tu, Stefano, vuoi paragonarmelo a Franz Kafka?»

«Ma figurati! Voglio solo che la pianti con questi discorsi sulla giustizia giusta, e sulla giustizia sbagliata, e tutto questo pessimismo che ti trascini dietro da un po' di tempo a questa parte.»

«Sei troppo superficiale, Stefano.»

«Io? Ma se l'altra sera sono stato io a scaricarti da internet quel film che chissà perché ci tenevi tanto a vedere. Quello con Nicole Kidman, di quel regista lì, Von Lars.»

«Si chiama Lars von Trier. Ma forse ti sei scordato che mentre l'altra sera vedevamo Dogville *ti sei fatto praticamente tutta una tirata di sonno sul divano, Stefano.»*

«Ero distrutto, Lo'. Avevo giocato a calcetto due ore di fila.»

«Appunto, tu basta che giochi a calcetto.»

«Vuoi litigare? Io avrei qualche idea migliore...»

«Non capisci. Non è colpa tua, Stefano. È che proprio non capisci. Non ci arrivi. I limiti del tuo cervello non te lo consentono. La vita non può essere fatta soltanto di sesso, calcetto e tortellini alla panna.»

«No, in effetti ci metterei anche una buona birra chiara e una vacanza alle Maldive... Ma dove stai andando, Loredana? Loredanaa. Loredanaaaa. Loredanaaaaaaaa...»

Un inverno passato a fare avanti e indietro fra la scuola, la piscina, la casa e la palestra non è stato un inverno di fatiche inutili.

Adesso posso affermarlo con una certa soddisfazione.

Adesso che vedo Matteo sguazzare nell'acqua di mare come un pesce.

Ride.

Finalmente.

Ieri sera a cena ha assaggiato appena il panino con l'hamburger, che pure è da sempre il suo piatto preferito.

Non c'è stato nulla da fare, nemmeno per le patatine fritte, cotte a sfoglia croccante, come piacciono a lui.

Le ha lasciate praticamente intonse nel piatto.

Non era proprio aria di cibo ieri sera in casa De Bellis.

Persino Bruno non ha voluto saperne di mangiare.

Non ha aspettato nemmeno che gli mettessi nel piatto le fette di polpettone.

Si è alzato da tavola mentre arrivavo con il vassoio.

L'ho seguito con lo sguardo.

Preoccupata.

Ormai mi preoccupo per qualunque cosa.

Bruno si è chiuso dentro il suo studio.

Matteo è corso davanti al televisore.

Si è messo a giocare con la PlayStation.

Sicuramente il volume eccessivo dei suoi mostri marziani avrà perforato le orecchie della famiglia Marini.

Non ho avuto la forza di sgridarlo, però.

Non ho trovato nemmeno la forza per riordinare la tavola del tinello.

Ecco cos'è diventata la meravigliosa famiglia De Bellis.

Un insieme vuoto.

Un'accozzaglia di esseri che non comunicano più fra loro.

La colpa è mia.

Anche mia.

Di certo lo è nei confronti di Matteo.

Da troppi giorni lo lascio sempre solo.

Da quando sua sorella è stata ricoverata in

ospedale, mio figlio piccolo non è stato degnato di alcuna attenzione.

Mi stavo occupando di Loredana.

Solamente di Loredana.

Stavo dedicando tutto il mio tempo a una figlia preda di una malattia enigmatica.

Anche quando gli altri mi impedivano di avvicinarmi a mia figlia, io pensavo a lei.

In continuazione.

Per lei lavoravo.

Per lei vivevo.

Per lei cercavo una soluzione.

Volevo farla tornare a vivere.

Dovevo farla tornare a vivere.

Nel frattempo, in queste ultime due settimane, suo fratello Matteo ha smesso di parlare.

Anche di ridere, mi rendevo conto in quel momento.

L'idea di una gita al mare mi è venuta mentre Bruno, tornato in tinello, mi stava dicendo che voleva rivolgersi al più presto a un avvocato.

« Marta, mi sono studiato un po' la legge. Il tuo maresciallo non ha torto: gli estremi per fare una denuncia penale contro lo psicologo dell'ospedale ci sono. Ci sono tutti. »

Aveva consultato il mio codice di procedura penale, Bruno.

All'università avevo preso anche la lode, a quell'esame.

Magari avrebbe potuto provare a consultare me come avvocato.

Non gliel'ho fatto notare.

Ho invece tirato fuori dal forno le fette di polpettone e gli ho detto che avevo in mente una sorpresa per Matteo.

L'indomani mattina volevo portarlo a fare un bagno al mare.

Bruno si è versato con lentezza la birra chiara dentro un boccale di ceramica scura, e mi ha sorriso.

Era una buona idea, ha convenuto, però non dovevo dimenticarmi di passare dallo studio medico di Bernardo Meravigli per ritirare il certificato di Loredana.

Erano gli ultimi giorni di scuola e senza quel certificato di varicella conclamata i professori avrebbero potuto crearci problemi.

«Dobbiamo stare attenti: a questo punto gli insegnanti di Loredana potrebbero persino decidere di affibbiarle qualche debito. E non è certo questo il momento di pensare a ripetizioni o a un'estate sui libri a studiare.»

A me non sembrava possibile che mia figlia potesse passare da una media dell'otto pieno a qualche materia da riparare a settembre.

Eppure Bruno non aveva tutti i torti.

Era verosimile che le troppe assenze degli ultimi mesi avessero compromesso la sua media, e soprattutto la pazienza dei professori.

Nell'ultimo quadrimestre non ero più andata a parlare con nessuno degli insegnanti di Loredana.

Avevo paura delle loro domande.

Dei loro giudizi.

Ero terrorizzata dai giudizi degli altri.

Per fortuna la mamma di Gabriele era una donna schietta, solare.

L'ho chiamata stando attenta a non farmi sentire da Matteo, che comunque era ancora davanti alla televisione con i suoi mostri e il volume piuttosto alto.

Si è molto divertita sentendo la mia proposta.

Gabriele era il migliore amico di Matteo.

Sua mamma non ha perso tempo.

«Anch'io allora faccio una sorpresa a Gabriele. Lo sveglio e gli dico che dobbiamo andare a comprare pantaloncini e magliette per l'estate. Sei grande, Marta.»

Non ero grande.

Ero disperata.

La mattina dopo ho svegliato Matteo di buon'ora e ho preferito farlo con una bugia noiosa.

Saremmo dovuti andare a sbrigare delle pratiche per alcuni certificati, gli ho detto pregandolo di fare in fretta a vestirsi.

Era il suo secondo giorno di vacanza.

È salito in macchina con un broncio più scuro del solito. Si era trascinato dietro i suoi Gormiti.

Quando ho imboccato la via del mare non se n'è accorto nemmeno. O, forse, avrà pensato che i posti dei certificati sono sempre lontani e scomodi da raggiungere.

In ogni caso Matteo ha continuato a giocare in silenzio con i suoi mostri.

Soltanto quando abbiamo superato i confini della città mi è sembrato di cogliere un po' di curiosità nel suo sguardo.

Ma ho dovuto aspettare di raggiungere il parcheggio dello stabilimento per vedere una luce brillante accendersi nei suoi occhi.

Matteo aveva riconosciuto la macchina della mamma di Gabriele.

È stato come regalare una bombola di ossigeno a un reduce dall'Himalaya.

Si è spogliato correndo e seminando i vestiti sulla sabbia.

Non è mai più uscito dall'acqua da quando siamo arrivati sulla spiaggia.

Gabriele, invece, in queste quattro ore è venuto sotto il nostro ombrellone almeno tre volte.

Ha reclamato una Coca-Cola.

La crema per la pelle.

Pure un ghiacciolo.

Matteo non reclama nulla.

Nuota.

Ornella, la mamma di Gabriele, è una donna dalle forme burrose, molto rassicuranti.

Parla come se poi non avesse più tempo per farlo.

Infila le parole una dietro l'altra, senza soluzione di continuità.

Suo figlio Gabriele è in classe con Matteo da tre anni, dalla prima elementare.

La sua figlia maggiore, Ludovica, ha due anni più di Loredana. Non sono mai state nella stessa scuola, le ragazze, si conoscono appena. Per via dei fratelli.

Stavo apprezzando molto che nella sua girandola di parole Ornella non ne avesse ancora adoperata nemmeno una per chiedermi notizie di Loredana.

Non poteva non sapere del ricovero.

O forse sì.

Forse Matteo non aveva raccontato nulla a Gabriele. O magari era stato Gabriele che poi non aveva raccontato nulla a sua madre della sorella malata del suo amichetto.

Comunque Ornella non dava segno di sapere alcunché.

Mi stava parlando della sua dietologa, della sua dieta, con un'infinità di dettagli sulla fatica di rinunciare al cibo in nome dell'estetica e di un agognato peso forma.

Davvero troppi dettagli per una mamma che ha una figlia anoressica ricoverata in ospedale.

Ornella non sapeva nulla di Loredana, mi sono convinta.

Almeno fino a quel momento.

Fino a quando una ragazzina bionda con i capelli legati a coda di cavallo non mi è comparsa davanti sotto l'ombrellone.

Mi ha chiesto conferma: ero proprio la mamma di Loredana De Bellis?

Nel nostro stesso stabilimento c'era un gruppetto di compagni di classe di mia figlia. Erano convinti di avermi riconosciuto da lontano e lei, Valentina, era venuta in missione per conto di tutti.

Valentina era stata seduta per due anni nel banco accanto a mia figlia.

Ora la sua missione era capire.

Capire se la notizia fosse vera.

Ho abbassato lo sguardo.

Valentina non si è fermata. È andata avanti, imperterrita.

Una domanda senza alcuna mediazione.

«Signora De Bellis, è vero che Loredana si è buttata dalla finestra e adesso è ricoverata in ospedale nel reparto di rianimazione? In fin di vita?»

Ornella ha smesso di colpo di spalmarsi la crema sulle gambe.

Io non sapevo se preoccuparmi o invece tranquillizzarmi per una notizia così falsa. Che però tanto falsa alla fine non lo era.

Loredana non si era buttata dalla finestra. Ma in fin di vita lo era comunque. Il suo era un suicidio lento, non impetuoso come un tuffo da una finestra.

Cambiava qualcosa?

Dopo avermi gettato addosso quella domanda,

Valentina era rimasta in piedi davanti a me senza mostrare alcun segno di imbarazzo.

Mi sono accorta che il gruppetto dei suoi compagni di classe la stava tenendo sotto osservazione, cinque ombrelloni più in là.

Valentina stava invece aspettando che io le dessi una risposta.

Persino Ornella era rimasta muta, tre le dita il tubetto da cui colava crema solare protettiva.

Toccava a me.

Dovevo dire qualcosa.

Non potevo rimanere zitta.

Ho preferito essere sintetica.

Laconica.

No, Valentina, Loredana non si è buttata dalla finestra.

La ragazza si è sciolta la coda di capelli biondi e ha cominciato a intrecciare l'elastico tra le dita. Ma non si è mossa dal mio ombrellone.

Si è voltata verso i suoi compagni. Si è ricomposta i capelli in una coda fluente.

Poi mi ha spiazzato: quindi Loredana sta benone?

Benone?

Benone stava lei, con il suo costume verde

smeraldo che le fasciava un seno florido e le carezzava una pancia levigata, ma morbida.

Sana.

Benone stavano i suoi compagni di classe cinque ombrelloni più in là, con il suono della musica dell'iPod che arrivava fino a noi mischiato alle sacrosante risate di un gruppetto di amici che sta per concludere l'anno scolastico.

Non Loredana.

Loredana stava tutto tranne che benone.

Ho preso Valentina per un braccio e l'ho trascinata sul bagnasciuga.

Con la coda dell'occhio mi è sembrato di vedere che Ornella stava per alzarsi dal suo lettino.

Credo avesse avuto la tentazione di seguirci.

Non lo ha fatto.

Il rumore e l'odore del mare non sono riusciti a rendere più lieve la fitta che mi ha perforato il fegato, l'intestino, il colon.

Tutte le viscere.

Valentina mi stava raccontando che era stata Loredana, un giorno, durante la ricreazione, a confidarle che aveva deciso di uccidersi buttandosi dalla finestra.

«In realtà Loredana mi aveva detto che voleva

buttarsi dal terrazzo del condominio al settimo piano, così almeno era sicura che cadendo sarebbe morta sul colpo.»

La voce di Valentina era priva di intonazione. Io le fissavo i piedi, mentre l'acqua del mare glieli lambiva dolcemente, e lei continuava il suo racconto, con il tono di un navigatore satellitare.

«Io, però, signora De Bellis, la storia del terrazzo condominiale non l'avevo presa troppo sul serio, soprattutto perché il giorno dopo Loredana era venuta a dirmi che in realtà era indecisa se buttarsi di sotto o invece preparare i documenti per andare a studiare il prossimo anno in un liceo fichissimo di New York.»

L'acqua del mare adesso era arrivata a lambirle le caviglie, sottili e nervose. Io non riuscivo a sollevare lo sguardo.

«Signora De Bellis, glielo giuro, ci ho provato a capire qualcosa di sua figlia. Ne ho parlato anche con i miei compagni di classe, ma tutti mi dicevano di lasciar perdere, che Loredana ormai viveva in un mondo tutto suo e noi non ci potevamo fare nulla.»

Nessuno ci poteva fare nulla.

Avrei voluto dirlo a questa bella ragazzina, ora

che avevo finalmente trovato il coraggio di guardarla negli occhi.

Ma lei è stata più veloce.

Ha ricominciato subito a parlare e adesso nella sua voce c'era un tono di pietà.

«Quando è arrivata la primavera Loredana non ha davvero più potuto nascondere la sua assurda magrezza sotto i vestiti larghi. Con le giornate tiepide lo abbiamo capito un po' tutti che era diventata anoressica. Era tardi, però, perché lei all'improvviso non è più venuta a scuola. È sparita, da un giorno all'altro. Ma Loredana non si è buttata dal terrazzo, vero, signora De Bellis?»

Non ero mai stata sul terrazzo condominiale, sebbene fossero dodici anni che abitavamo in quell'appartamento. Avrei faticato persino a trovare le chiavi di quel terrazzo che alcuni condomini usavano per stendere i panni, mentre noi li mettevamo ad asciugare sul terrazzino nel retro della cucina.

Non ho risposto a Valentina. Le ho preso il bel viso affilato tra le mani e le ho lasciato un piccolo bacio sulla guancia sinistra.

«Signora De Bellis, sarei felice di sapere che

Loredana alla fine a New York ci è andata per davvero.»

Valentina ha ricambiato il mio bacio.

Cinque ombrelloni più in là i suoi compagni la stavano aspettando con un aperitivo fresco e un sacchetto di patatine croccanti.

Quando Loredana è tornata a casa dall'ospedale, ho stentato a riconoscerla.

Sulle ossa aveva finalmente uno spessore di carne considerevole.

Anche una carezza di vita sul viso.

Aveva un aspetto sano, mia figlia.

Quasi sano.

Ma è durato poco.

Il tempo di un'illusione fugace.

Perché Loredana non ha perso tempo.

Il giorno in cui è tornata a casa dall'ospedale, dove era stata ricoverata per un mese intero, la prima cosa che ha fatto è stata correre nel mio bagno.

Salire sulla bilancia digitale.

Urlare.

Un urlo che le si è strozzato in gola.

La disperazione è esplosa subito dopo.

In un mese di ricovero Loredana aveva raggiunto i quaranta chili.

Un peso per lei insostenibile.

Per lei.

Ma anche per noi.

È bastato quell'urlo, e le giornate nella nostra casa sono tornate a essere veri e propri calvari.

Peggio di prima.

Loredana aveva già sperimentato il vomito nel corso della sua malattia.

Ma non sarebbe mai stato possibile immaginare che si sarebbe spinta ai livelli raggiunti in quelle settimane.

Da quel momento, correre e mettersi a testa china sopra i water di tutta la casa è diventato per lei uno dei due obiettivi delle sue giornate.

L'altro era svuotare frigorifero e dispensa, ingurgitando qualunque cosa avesse l'aria di essere commestibile.

In quelle settimane ho fatto la spesa come se avessi dovuto sostentare una squadra di rugbisti in ritiro per il campionato del mondo.

Bruno ha continuato a osservare in silenzio entrambe le manovre.

Le mie spese al supermercato. E le abbuffate di Loredana.

Anche il suo vomito.

Sempre in silenzio, mio marito.

Matteo invece si lamentava in continuazione.

Il mio secondogenito non trovava mai al loro posto i suoi biscotti al cioccolato, le sue merendine, i suoi succhi di frutta, il barattolo della Nutella.

Nulla.

Loredana si aggirava per le stanze con lo sguardo famelico di una belva in cattività.

Ho provato a parlarle, in quei giorni. Con un'aria assai sorpresa mi ha confessato di non riuscire a capire le mie obiezioni.

Adesso che finalmente le era venuta voglia di mangiare, non aveva senso che fossi proprio io a inibirla.

Del suo vomito, indotto e perpetuo, non sono stata capace di dire alcunché.

Ho trovato solo la forza di chiederle se per caso mangiare così tanto non le provocasse qualche fastidio allo stomaco.

Il suo diniego è stato risoluto, senza appello.

Mia figlia mi ha anche guardato negli occhi con impertinenza mentre mi propinava la sua indifendibile bugia.

Stavo cercando la forza per replicare qualcosa, quando dal fondo del salotto è arrivata, squillante, la voce di Bruno.

Mio marito mi stava chiamando per ricordarmi che era ora di preparare le valigie.

Dovevamo trasferirci nella nostra casa al mare.

Mai eravamo arrivati così avanti nella stagione senza andare in villeggiatura.

Il mese di luglio stava per finire.

Le mie energie anche.

Compulsare i tasti del computer era l'unica cosa che mi sembrava di essere ancora in grado di fare.

Inserivo nel motore di ricerca sempre le stesse parole chiave.

Anoressia.

Bulimia.

Vomito.

Soluzione.

Guarigione.

Il titolo di quel convegno mi è balzato davanti agli occhi neanche fosse stato scritto al neon:

Quali soluzioni per quello spettro
chiamato anoressia?

Non sono nemmeno andata a leggere i nomi dei relatori in quel sito internet dove ero finita per caso.

Ho invece tirato un sospiro di sollievo: il convegno si sarebbe svolto proprio la mattina dopo, in un posto non troppo distante da casa nostra.

Un regalo inatteso.

Avevo tempo di finire le valigie prima di andare a sentire gli studiosi di anoressia.

Bruno non vuole mai partire per il mare al mattino, soprattutto in un sabato di luglio.

Gli esperti del convegno promettevano soluzioni alla malattia.

Un brivido mi è salito lungo la schiena.

Ho chiuso gli occhi. E non ho sentito che Matteo si stava avvicinando a me, in punta di piedi.

Reclamava la sua merendina.

« Mamma, pure oggi è sparito il mio panino con la Nutella. E anche tutti gli altri dolcetti, però. »

Io sentivo addosso un'euforia strana, in quel momento.

Ho guardato mio figlio piccolo e gli ho regalato un sorriso. Poi l'ho preso per mano e insieme siamo usciti sulle scale.

L'ho portato nel bar sotto casa.

Gli ho lasciato libero accesso a qualsiasi tipo di leccornia desiderasse.

Matteo ha preso soltanto una fetta di torta al

cioccolato, quella che la mamma di Amedeo prepara ogni giorno per il bar di suo figlio.

Amedeo avrebbe voluto aggiungerci sopra un po' di panna montata. Conosce Matteo da quando è nato ed è sempre pronto a riempirlo di attenzioni.

Mio figlio, però, ha ritratto di scatto il piattino con la fetta di torta.

Un gesto secco.

Addirittura violento.

Amedeo è rimasto con il cucchiaio colmo di panna in mano, sospeso a mezz'aria. Non ha detto nulla. Ha sorriso. E si è succhiato la panna in un solo boccone.

Matteo ha preferito finire di mangiare la sua fetta di torta da solo, sul tavolino nell'angolo in fondo al bar.

Amedeo mi ha guardato perplesso.

Gli ho chiesto un'acqua tonica.

Non sapevo cos'altro fare.

Lui, dopo, non ha voluto che pagassi né la fetta di torta né l'acqua tonica.

Matteo nel frattempo era uscito dal bar e mi stava aspettando seduto sul gradino del marciapiede.

La mamma di Amedeo è venuta fuori dalla cucina e ha raggiunto il figlio dietro il bancone.

Si è offerta di prepararmi una torta da portare a casa.

Mi sono domandata cosa sapessero di Loredana.

Ho avuto la sensazione che la malattia di mia figlia fosse diventata di dominio pubblico, perlomeno nel nostro quartiere.

Ma non sono riuscita a chiedere nulla in proposito né ad Amedeo né tantomeno a sua mamma.

L'ho ringraziata, la mamma di Amedeo. Poi però le ho spiegato che per la torta era meglio lasciar perdere, visto che il giorno dopo saremmo partiti per il mare, tutta la famiglia.

In vacanza.

Amedeo mi ha guardato e aveva negli occhi un velo di scetticismo.

Sua mamma è corsa in cucina ed è tornata con in mano un fagotto, avvolto in uno strofinaccio a quadratoni rossi.

Una focaccia di patate. L'aveva preparata lei ed era davvero buona.

Quella focaccia avrebbe risvegliato anche l'appetito più pigro della terra, mi ha assicurato la mamma di Amedeo porgendomi il pacchetto come una reliquia.

Accanto a lei Amedeo annuiva complice.

Avrei voluto raccontare tutto.

Spiegare che adesso il problema di Loredana non era più il rifiuto del cibo.

Anzi.

Adesso mia figlia quella focaccia di patate l'avrebbe mandata giù tutta intera, in un solo boccone e senza alcuna fatica. E la focaccia sarebbe stata seguita da una tale quantità di altro cibo che per crederci Amedeo e sua madre avrebbero dovuto essere presenti in casa mia e vederlo con i loro occhi.

Invece ho annuito anch'io, in silenzio.

Ho preso la focaccia dalle mani della mamma di Amedeo, immaginando quella reliquia vomitata dentro al primo bagno di casa, di lì a pochi minuti.

Ho ringraziato.

Pure Amedeo e sua madre erano in partenza per le vacanze.

Ci saremmo rivisti a settembre, come ogni anno.

Ma quell'anno per me non aveva nulla di simile a nessun altro anno passato.

Io non riuscivo proprio a immaginare cosa sarebbe potuto succedere, il prossimo settembre.

Cosa sarebbe stato di Loredana.

Del piccolo Matteo.

Di Bruno.

Di me e Bruno.

A me da sola non pensavo.

Non ne ero capace.

Non potevo vedermi da sola.

Ero consapevole di essere parte integrante di un vortice. E avevo un unico, titanico compito: far sì che tutti restassero a galla.

« Voglio mettermi a dieta. »

« Ma che cosa stai dicendo? Se c'è una che non ha bisogno di una dieta, sei tu. »

« Dite tutti così. Ma non è vero. Guarda: mi è venuta la pancia e anche le cosce grosse grosse. »

« Lory, non esagerare, ti prego. Se vuoi ti do una mano a perdere un paio di chili. Ma sono convinta che ti basterà rinunciare a qualche fetta di torta per tornare al tuo peso ed essere più che in forma. »

« Non entro più nei jeans. »

« Ma è ovvio, tesoro, quelli sono i jeans di quando andavi alle medie. »

« Che cosa vuol dire, mamma? Fino a qualche mese fa mi stavano benissimo. »

« C'entra qualcosa Stefano con questa tua decisione, per caso? »

« No, perché? »

« Non è che Stefano ti ha detto qualcosa sulla tua pancia o sulle cosce? »

« No. Però... »

« Però che cosa, Lory? »

«Niente.»

«Niente non è una risposta.»

«Infatti.»

«Infatti cosa?»

«Non volevo risponderti.»

«Vuoi che andiamo da una dietologa, così ti visita e stabilisce qual è il giusto peso per il tuo corpo?»

«No.»

«Perché no?»

«Mamma, è inutile andare dalla dietologa, lei non lo sa qual è il giusto peso per il mio corpo.»

«Veramente, piccola...»

«Veramente io lo so quanto devo dimagrire.»

«Quanto?»

«Fino a quando riesco a rimettermi i miei jeans e a sciacquarci anche un po' dentro.»

«Sciacquarci dentro?»

«Sì. Quando le mie gambe sciacquavano dentro quei jeans avevo le cosce magre e pure la pancia era piatta e levigata come quella di...»

«Come quella di chi? Lory, chi è la tua rivale?»

«Io non ho rivali, mamma.»

«Tutti abbiamo almeno un rivale nella vita.»

«Io no.»

«Tu sei speciale, lo so.»

«Appunto. Possiamo buttare il barattolo di Nutella nel secchio della spazzatura, per favore?»

«Veramente lo vorrei lasciare per Matteo, lui è piccolo e ha bisogno di crescere.»

«Lui non ha i problemi che ho io.»

«Loredana, che ti succede?»

«Niente, mamma. Bistecca e insalata. Insalata e bistecca. Così passa tutto.»

«Amore mio, un giorno di questi vogliamo andare a trovare la mia amica Silvia?»

«Non ho bisogno dei tuoi amici dottori.»

«Ma Silvia non è un dottore. È un'amica.»

«Che fa la psicologa. Non mi serve.»

«Ma mi hai appena detto che hai qualche problema...»

«E vuoi che i problemi me li risolva Silvia?»

«Con me non parli.»

«Figuriamoci se parlo con Silvia.»

«E allora? Che facciamo, Lory?»

«Bistecca e insalata. Insalata e bistecca. Passa tutto, mamma.»

Persino Silvia, dopo, ha faticato non poco a credere agli appunti che avevo preso.

Non riusciva a capire.

La mia amica d'infanzia, psicologa esperta, era convinta che avessi scritto male o, quanto meno, interpretato male i discorsi fatti al convegno di quella mattina.

Era sicura che l'errore fosse stato unicamente mio.

Lo sperava, credo.

Ho tirato fuori il mio piccolo registratore.

Silvia ha faticato anche a riascoltarle dalla viva voce registrata, quelle parole.

Ero entrata fiduciosa nella sala del convegno.

Quali soluzioni per quello spettro chiamato anoressia?

Una sala incredibilmente gremita per un sabato mattina di fine luglio.

Ero riuscita a trovare per miracolo un posto in

terza fila, accanto a una ragazza con i capelli lunghi e ricci.

Avevo tirato fuori un blocchetto, ignara.

La ragazza mi aveva chiesto se per caso fossi una giornalista e a me era venuto di risponderle di sì.

Mi sentivo protetta da quel ruolo.

Lei si era presentata come un'educatrice del servizio sanitario pubblico. Sorridente, si era subito affrettata a segnalarmi il terzo intervento della mattinata come l'unico degno di nota.

Era l'intervento della direttrice dell'associazione che aveva organizzato il convegno.

Una psicoanalista di scuola lacaniana, una donna di aspetto assai gradevole, con i boccoli biondi che le lambivano le spalle e un accento tipicamente francese.

Silvia ha voluto sentire e risentire più volte la stessa frase che lei aveva pronunciato con enfasi e io avevo scrupolosamente registrato e appuntato sul taccuino.

Si è voluta soffermare a lungo anche sulla domanda che proprio io non avevo esitato a porre all'esperta in quel convegno.

Mi è sembrata alquanto imbarazzata.

Silvia aveva molta dimestichezza con la psicoanalisi e con i suoi padri nobili.

Aveva scritto la sua tesi di specializzazione su Sabina Spielrein, l'allieva di Jung.

Mi ha guardato senza sapere cosa dire, Silvia.

L'esperta bionda aveva superato persino i limiti solitamente flessibili della mia amica psicologa-psicoanalista.

Il tema del suo intervento era il cuore del mio problema con Loredana: il vomito di un'anoressica.

Per questo avevo deciso di accendere anche il mio piccolo registratore, oltre a prendere appunti con quella minuziosa precisione che aveva caratterizzato tutti gli anni dei miei studi.

Dentro casa mia in quei giorni c'era vomito in ogni interstizio di ogni bagno, a qualsiasi ora del giorno e della notte.

Avevo sperato in una soluzione, se non proprio con fiducia, almeno con la forza della disperazione.

Silvia non capiva le parole che uscivano dal registratore.

Non ne capiva il senso.

L'audio era perfetto.

La psicoanalista bionda era partita da lontano

e aveva citato prima Jacques Lacan, poi il suo allievo Jacques-Alain Miller, ma alla fine era arrivata a una sua personalissima aberrazione che aveva lasciato Silvia senza parole.

La psicoanalista aveva voluto tracciare un parallelo tra gli schizofrenici e le pazienti anoressiche.

E aveva detto: « Uno schizofrenico che si allaccia le scarpe compie un gesto positivo, mirato a raggiungere l'equilibrio della sua personalità disturbata. Allo stesso modo l'anoressica raggiunge lo stesso equilibrio grazie al vomito ».

Poi aveva concluso sostenendo che per le pazienti anoressiche il vomito è una necessità, e se si cerca di impedirglielo si creano dentro di loro un'angoscia e un panico non più gestibili.

Silvia era uscita dalla cucina sbattendo la porta.

Credo si fosse precipitata davanti alla libreria del suo studio.

Mi aveva lasciato seduta al tavolo con una camomilla ormai gelata nella tazza e con la voce registrata della psicoanalista che continuava a risuonare acidula nell'aria.

Silvia è rimasta a lungo nel suo studio.

Ho continuato a tenere il cellulare spento, certa che Bruno mi stesse cercando ormai da un po' di tempo per partire per il mare.

Poteva aspettare, mio marito.

Doveva aspettare.

Dovevo capire.

Dovevamo capire.

Quando Silvia è tornata in cucina aveva l'espressione di chi vuol far saltare in aria con il tritolo le stanze del potere.

«Jacques Lacan non si è mai permesso di dire simili sciocchezze sull'anoressia.»

Silvia era davvero furente. Per questo non voleva limitarsi a scrivere una lettera o a sporgere un reclamo.

Sarebbe andata di persona alla società italiana di psicoanalisi, mi ha detto.

Voleva denunciare la direttrice dell'associazione.

«Non si può approfittare del dolore degli altri per avere successo.»

Non ricordavo di aver mai visto Silvia così alterata in tutti gli anni della nostra lunga amicizia.

«Allacciarsi una scarpa è come vomitare...»

Silvia stava continuando a ripetere questa frase.

Non le sembrava possibile che nessun altro, a parte me, avesse reagito con sdegno davanti a quell'affermazione.

Ho spiegato alla mia amica il contesto particolare del convegno a cui avevo assistito quella mattina.

I partecipanti avevano pagato una quota di cinquanta euro.

Non solo: erano quasi tutti giovani psicoanalisti in cerca di un posto di lavoro. Non avrebbero mai avuto il coraggio di contestare chi quel lavoro era in grado di procurarglielo.

Avevo trovato soltanto una persona che era rimasta sconvolta ascoltando l'intervento della direttrice dell'associazione.

Uno psichiatra.

O, perlomeno, era stato soltanto lui che non aveva avuto paura di esprimere la sua disapprovazione, sebbene lo avesse fatto con un sussurro veloce nel mio orecchio durante la pausa caffè.

Quando eravamo tornati in sala, però, nemmeno lo psichiatra aveva trovato il coraggio di affrontare a quattr'occhi la psicoanalista bionda.

Anche questo psichiatra era piuttosto giovane.

« Allacciarsi una scarpa è come vomitare. »

Silvia stava meditando di aprire perfino un blog su internet per denunciare l'aberrazione di quella frase.

Voleva farlo all'istante.

Ho dovuto calmarla io, questa volta.

Ho acceso un fornello e ho messo a bollire un po' d'acqua.

Era il momento della camomilla per Silvia.

La mia amica l'ha accolta di buon grado e soltanto a quel punto mi ha chiesto notizie di Loredana.

Le ho raccontato delle mie spese al supermercato che sarebbero bastate a sostentare una squadra di rugbisti e poi di quel vomito, senza limiti.

Ormai non c'erano più confini fra un pasto e l'altro.

Silvia mi ascoltava e intanto si stava rollando un po' di tabacco dentro una cartina.

Ha acceso la sigaretta.

Mi ha guardato.

« Hai bisogno di aiuto, Marta. Da sola in casa non ce la puoi più fare. È evidente che Loredana è entrata nella fase più infernale della sua malattia. Bisogna intervenire. »

Ho ricordato a Silvia che mia figlia era appena uscita da un mese di ricovero in ospedale.

Lo ricordava bene, mi ha detto.

Quello che aveva in mente era però un ricovero molto diverso dall'ospedale.

« Marta, esistono dei centri residenziali in cui lavorano team di specialisti molto qualificati. Sono centri pubblici. Non ce ne sono tanti in Italia ma sono davvero efficaci, mi devi credere.»

Silvia era amica del medico responsabile di uno di questi centri.

Una donna, in gamba e caparbia.

Non dovevo aver paura: nessuno in quei posti accusava le mamme di generare la malattia.

In quei centri le cause dell'anoressia venivano individuate nella vulnerabilità genetica, in fattori organici.

Ho spiegato a Silvia che non avrei saputo come convincere Loredana a ricoverarsi un'altra volta.

Non avrei avuto il coraggio di farle subire un altro Trattamento sanitario obbligatorio.

Di farla legare un'altra volta alla lettiga dell'ambulanza.

La mia amica psicologa mi ha tranquillizzato di nuovo. Avrei dovuto soltanto aspettare un po'.

Nella fase terribile in cui era entrata, mia figlia avrebbe cominciato presto a dare segni di sofferenza tangibile.

Le sue abbuffate e il suo vomito adesso avevano su di lei gli effetti di una droga devastante e, oltretutto, le generavano sensi di colpa molto profondi.

Presto avrebbe accolto con grande sollievo l'idea di raggiungere un posto dove trovare qualcuno in grado di contenere i suoi impulsi distruttivi.

Bastava soltanto aspettare un po'.

Secondo Silvia non sarebbe stato nemmeno necessario aspettare il ritorno in città a settembre.

A giudicare da quello che le avevo raccontato, la mia amica si era convinta che Loredana fosse sul punto di esplodere.

Mi ha accompagnato a casa e mi ha aiutato a finire le valigie per il trasferimento nella nostra villetta al mare.

Mi ha anche riempito di flaconcini.

Gocce omeopatiche, per qualsiasi evenienza.

Per dormire.

Purificarmi.

Tonificarmi.

Ricostituirmi.

La settimana successiva sarebbe venuta a trovarmi nella mia casa al mare, mi ha detto lasciandomi con un delicato bacio sulla guancia.

Una settimana sarebbe stata sufficiente.

Anche per il suo meccanico, che doveva finire di riparare l'automobile di Giulio, il suo nuovo compagno.

Doveva avermi trovato completamente a pezzi.

Non ricordavo di aver mai più visto Silvia al volante dai tempi dell'università.

E invece adesso era pronta a prendere l'automobile del suo fidanzato e a guidare per quasi duecento chilometri, soltanto per me.

Per mia figlia.

Non sapevo come esprimerle la mia gratitudine.

Loredana, in compenso, non l'ha neanche salutata.

È passata davanti alla porta d'ingresso mentre Silvia mi stava baciando per salutarmi.

Ma ha fatto finta di non vederla.

È andata dritta in camera sua. O, molto probabilmente, in bagno.

A vomitare.

È andato tutto come aveva detto Silvia.

Proprio come aveva previsto quel pomeriggio nella cucina di casa sua.

La mia amica psicologa si è presentata nella nostra villetta al mare dopo una settimana e ha trovato Loredana raggomitolata sul divano, con la testa china coperta da un cuscino.

Singhiozzava.

Non ha provato pudore nemmeno davanti a Silvia, entrata dalla porta d'ingresso proprio in quel momento.

Suo padre e suo fratello erano andati in spiaggia a fare un bagno e lei sembrava avesse voluto approfittare della loro assenza.

Era arrivata in salotto ed era scoppiata a piangere.

Non ce la faceva più.

Piangeva come quando era bambina.

I suoi sospiri di dolore erano coltellate per la mia anima.

Silvia lo aveva previsto. Ed è stato come se Loredana stesse seguendo passo passo le sue istruzioni non scritte.

Mia figlia era devastata dal vomito e dalle abbuffate.

Era preda di un demone orribile che le stava rubando la vita, ha cercato di spiegare mentre intrecciava le dita posandole sopra le ginocchia.

Anche questo era un gesto che faceva da bambina.

Loredana aveva ormai un unico pensiero per ogni minuto delle sue giornate.

Il cibo.

Da strafogare.

E vomitare.

Mangiare.

E vomitare ancora.

E ancora.

E ancora.

E ancora.

Un inferno.

Il suo privatissimo inferno.

Voleva fuggire, Loredana.

Ovunque.

Non le importava dove.

L'importante era che la portassero via, lontano da quella maledizione.

A quel punto Silvia è stata molto rapida.

Pacata.

Ma determinatissima.

In seguito, la mia amica psicologa mi avrebbe spiegato che in certe situazioni il tempo è una variabile determinante.

Fondamentale.

Asciugate le lacrime, terminati i sospiri e le appassionate confessioni accompagnate da gesti infantili, Loredana sarebbe tornata velocemente sui suoi passi.

Risucchiata dal suo inferno.

Sarebbe ricaduta in un attimo nel suo circolo vizioso.

Abbuffate e vomito.

Vomito e abbuffate.

Senza più vedere la luce.

Silvia perciò non ha perso tempo.

Si è offerta di accompagnare Loredana con la sua auto.

Non le ha mentito.

Le ha detto con chiarezza dove sarebbero andate.

Loredana non ha fatto domande.

Silvia le ha spiegato che a una settantina di chilometri da lì c'era un centro gestito da persone che avrebbero potuto aiutarla.

Loredana aveva ancora gli occhi gonfi di lacrime.

Mi ha guardato come se volesse la mia approvazione.

Mi sono trattenuta.

Ho lasciato che la mia amica e mia figlia andassero via senza fare alcun commento. Come se stessero partendo per un picnic.

Loredana ha portato con sé soltanto un golfino di cotone giallo e il suo iPod con le cuffiette.

La porta di casa si è chiusa dietro di loro con uno scatto rumoroso.

Sono corsa in cucina.

Non ho dovuto frugare molto, la bottiglia di rum era al solito posto, dentro la botola accanto al forno.

Un bicchiere pieno a metà.

Non era nemmeno l'ora di pranzo.

Ma non importava.

Se non fosse stato per Bruno e per Matteo, l'avrei scolata per intero, quella bottiglia di rum cubano invecchiato.

L'ho sorseggiato mentre facevo ricerche su internet.

Non sapevo come si chiamasse il paese a settanta chilometri da lì.

Silvia non me lo aveva detto.

E io adesso non riuscivo a trovarlo.

Dovevo trovarlo.

Dovevo dire a Bruno che Loredana era andata con Silvia esattamente in quel paese, nel tal centro, con quel certo medico che era il responsabile, e l'altro che era il suo vice.

Bruno non si sarebbe accontentato di una spiegazione vaga, avrebbe preteso informazioni precise e dettagliate.

Mio marito non amava Silvia. Non si fidava di lei.

Secondo lui la mia amica psicologa-psicoanalista aveva la vaghezza indeterminata di chi pretende di studiare la mente senza avere una laurea in Medicina.

Per Bruno, senza una laurea in Medicina non si poteva essere autorizzati a toccare nemmeno un millimetro del corpo umano.

Figuriamoci a gestire il cervello.

Non potevo certo dirgli che adesso sua figlia si aggirava per quella campagna sterminata in compagnia di una donna che pretendeva di occuparsi della sua mente e non solo non aveva di certo una laurea in Medicina, ma io temevo non avesse in tasca nemmeno la patente di guida.

Comunque la provvidenza esiste, e ci assiste in certi momenti complicati.

Avevo appena finito di sciacquare nel lavello il bicchiere del rum, quando sul display del cellulare è comparso il numero di Bruno.

Lui e Matteo sarebbero rimasti a mangiare sulla spiaggia, mi ha comunicato mio marito.

Non mi sembrava vero.

Avevo tutto il tempo per organizzarmi.

Ho chiuso il telefono e ho preso dallo scolapiatti il bicchiere che avevo appena lavato.

Un altro goccio di rum cubano invecchiato.

Mi sono portata il bicchiere in salotto per sorseggiarmelo sul divano.

Un raggio di sole mi ha tagliato il viso in due parti.

Quando Silvia ha suonato al citofono mi ha trovato ancora così, accoccolata sul divano della sala grande, addormentata.

Ero riuscita a mettere al sicuro il bicchiere, appoggiandolo sul bracciolo rigido.

La mia amica psicologa-psicoanalista sembrava particolarmente soddisfatta.

Mi ha spiegato che adesso Loredana si trovava

nel centro residenziale per disturbi del comportamento alimentare Raggio di Sole, consegnata alle mani esperte della sua amica responsabile del centro.

Mani fidate, soprattutto.

Era stato molto facile.

Loredana aveva visto il verde della campagna attorno al centro, e anche la sua stanza piena di luce, e si era rasserenata.

Era un centro pubblico e di solito le pazienti non potevano avere a disposizione una stanza da letto tutta per loro, ma Silvia aveva parlato con la sua amica responsabile e insieme avevano valutato fosse il caso di fare un'eccezione.

Loredana era reduce da un lungo ricovero in un ospedale dove per oltre un mese aveva dormito in un letto di reparto, in compagnia di altre nove persone.

Anche la sua amica responsabile, di solito molto rigorosa, si era lasciata andare.

«Marta, ti conviene rassegnarti, Loredana dovrà passare almeno un altro mese ricoverata al centro Raggio di Sole. Ma questa volta sarà tutto diverso, fidati.»

Silvia mi ha fatto capire che era stato un piccolo miracolo ottenere una stanza singola per Loredana. Ma anche trovare una stanza in quel centro era stata una scommessa.

« Devi credermi, cara, ci sono liste di attesa di mesi e mesi per essere ammessi lì. Capirai perché quando tua figlia verrà dimessa. »

Per far ricoverare Loredana, Silvia aveva approfittato di una disdetta improvvisa.

Ce n'erano spesso di disdette all'ultimo momento, e Silvia aveva sperato che anche quella mattina ci sarebbe stata la possibilità di trovare un posto libero.

Così era accaduto.

Così adesso Loredana era di nuovo ricoverata.

Così io non avevo la più pallida idea di come poter riferire tutto a Bruno.

Silvia non si è offerta di parlare con mio marito. Sa di non piacergli e tiene volentieri le distanze.

L'ho comunque pregata di rimanere in casa per farmi da supporto.

Non ha accettato.

Silvia aveva già dato il massimo, prima guidando fino alla mia casa al mare, poi fino al centro Raggio di Sole, quindi tornando di nuovo a casa mia.

Adesso era esausta.

Erano dodici anni che non guidava fuori dalla città.

Fuori dal suo quartiere.

Lo aveva fatto in questa occasione soltanto per necessità, perché aveva calcolato i tempi dell'urgenza di Loredana.

E quanto fossero risultati perfetti i calcoli di Silvia lo potevo capire soltanto io che ero stata testimone di tutto il processo.

Ora però a Silvia era crollato il tasso di adrenalina e di conseguenza anche le energie. Per questo aveva pregato Giulio di raggiungerla con un treno fino da noi. Voleva fosse lui a guidare l'automobile per rientrare in città.

Giulio doveva essere in arrivo in stazione a minuti, mi ha detto la mia amica psicologa-psicoanalista con un piede già oltre la soglia di casa mia.

Giulio Perta era da tre anni il fidanzato di Silvia.

Ma, soprattutto, Giulio era da dieci anni il braccio destro del più importante primario internista della nostra città.

Ho implorato Silvia.

Lei mi ha sorriso e a quel punto è rientrata in casa, senza farsi pregare.

Si è seduta comodamente sul mio divano.

Aveva stabilito che Giulio sarebbe potuto tranquillamente venire a piedi dalla stazione, piuttosto vicina alla mia casa al mare.

Lei non voleva più saperne di muoversi dal divano.

Aspettava di gustare la scena della serata, l'incontro tra Bruno e Giulio.

Anche Silvia, come me, sapeva che il dialogo fra mio marito e il suo fidanzato avrebbe potuto essere di grande aiuto.

Avevamo deciso di chiedere a Giulio di raccontare lui a Bruno del ricovero di Loredana nel centro per disturbi alimentari Raggio di Sole.

Come se quel ricovero fosse stata un'idea sua, non di Silvia.

Mio marito avrebbe apprezzato di più.

Molto di più.

Lo sai? Esistono giornate nella vita di una persona che valgono una vita intera.

È stata ieri, per me.

Sembrava un giorno come tanti altri, dentro a questo posto.

I soliti vassoi con il cibo razionato.

I soliti controlli nei bagni per non farci vomitare.

I soliti sotterfugi per riuscire a vomitare lo stesso.

I soliti colloqui per, alla fine, confessare quel vomito.

E invece.

Quando Marilena mi ha lasciato il vassoio sul tavolino ho notato il suo sorriso.

Un sorriso vero, brillante, a dispetto di una vita costellata di ostacoli e sforzi per combinare ogni giorno il pranzo con la cena.

Ha tre figli, Marilena. Li ha cresciuti da sola. Il padre dei ragazzi è fuggito quando il terzo era ancora dentro la sua pancia.

Ma non si è scoraggiata. Ha trovato un lavoro qui, al centro per i disturbi alimentari.

E adesso lavora sorridendo.

Ho sentito un morso alla gola e un pugno allo stomaco, ieri all'ora di pranzo.

Fino a quel momento il vassoio con il cibo era stato l'unico scopo delle mie giornate qui dentro.

Arrivava il vassoio e io lo svuotavo in un lampo, pronta poi a inventare ogni giorno una scusa nuova per riuscire a entrare nel bagno e vomitare tutto.

Mi sembrava l'unico modo possibile per far passare il tempo.

Il sorriso di Marilena mi ha spiazzato.

Sconquassato.

Mi sono sentita piccola.

Ingrata.

Inutile.

Dannosa.

Orribile.

Chi ero io per permettermi di vomitare un bene prezioso come il cibo che Marilena mi serviva ogni giorno?

Lo psicologo mi ha spiegato che ho avuto finalmente una presa di coscienza, frutto delle terapie.

Lo psichiatra ha parlato dello switch che attendevano da settimane, anch'esso frutto delle loro terapie.

Io non lo so cosa mi è successo.

Ma so che da ieri ho ricominciato a sentire il profumo dei fiori, a gustare la pagina di un libro.

Lo sai, Stefano? Non avevo mai più letto nemmeno un fumetto da quando quel pomeriggio ti ho lasciato, dicendoti: ciao, vado via, ho bisogno di stare sola.

La solitudine mi aveva inaridito.

Sfiancato.

Ucciso.

Avevo raggiunto il girone più basso e oscuro dell'inferno.

Ero una preda inerme nelle mani di un demonio.

È stato il demonio, amore mio, a cacciarti via, quel pomeriggio.

Non io.

Vorrei che questo incubo fosse davvero finito qui.

Vorrei che tu tornassi da me.

A un certo punto ho creduto all'esistenza di pozioni e bacchette magiche.

Perfino agli incantesimi.

Ho visto Loredana sedersi alla nostra tavola da pranzo con un sorriso e le ho visto regalare un gesto di affetto al suo fratellino.

L'ho vista prendere una seconda porzione di purè e non alzarsi in tutta fretta da tavola subito dopo aver mangiato per raggiungere il bagno e vomitare.

Ho creduto di sognare.

Stavamo pranzando ed era il 12 ottobre, per chi è disposto a credere almeno al potere delle coincidenze, se non a quello dei miracoli.

Un anno dopo l'inizio del peggiore degli incubi, la famiglia De Bellis era di nuovo seduta a tavola.

Serenamente.

Persino Matteo durante quel pranzo non si era trascinato vicino al piatto i suoi Gormiti e li aveva lasciati tranquillamente sul divano.

Adesso a tavola giocava di nuovo con sua sorella.

Mio marito ha cercato di simulare noncuranza, ma nei suoi occhi si era accesa la luce delle grandi occasioni.

Nemmeno lui è riuscito a trattenersi.

Mentre eravamo ancora seduti a tavola, ha promesso una vacanza strepitosa, Bruno.

Ha chiesto ai ragazzi di scegliere loro la destinazione.

La risposta è arrivata immediata e, incredibilmente, all'unisono: i Caraibi.

Matteo e Loredana non avevano avuto esitazione alcuna.

A me è venuto da ridere.

Finalmente.

Era esattamente da un anno che non ridevo.

Poi anche quel 12 ottobre di un anno dopo è successo: mia figlia ha smesso di mangiare, bruscamente.

Si è alzata da tavola, all'improvviso.

Ma questa volta abbiamo continuato tutti a sorridere.

Perché Loredana stava andando da Stefano, che l'aspettava sotto casa.

Alla fine quel ragazzo era tornato nella vita di mia figlia.

Come un'apparizione.

Era successo l'ultimo giorno del ricovero di Loredana nel centro Raggio di Sole.

Me lo sono ritrovato accanto proprio davanti al cancello del centro, un paio di occhiali scuri a coprire gli occhi e un cestino di orchidee gialle tra le mani.

«Sono i miei raggi di sole per Loredana», mi ha sussurrato, mostrando con orgoglio i suoi fiori gialli.

Poi, con passo deciso, ha varcato il cancello.

L'ho lasciato andare avanti.

Io mi sono fermata in giardino a parlare con Manuela, il medico responsabile del centro, l'amica di Silvia.

Parole come miele.

«Loredana ce l'ha fatta. Stavamo quasi perdendo le speranze perché dopo due mesi sua figlia continuava con i suoi rituali del vomito, senza dare segno di rispondere ad alcuna terapia. E invece è arrivata la svolta. Improvvisa. Come spesso succede.»

Aveva un'aura luminosa che le incorniciava il volto, Manuela Carletti.

I denti bianchissimi.

Le labbra carnose.

Mi sono ritrovata a fissarla, ipnotizzata.

Lei continuava a parlarmi e anche la sua voce era soave.

«Adesso la strada di Loredana è decisamente in discesa. Ovviamente non è il caso di abbassare la guardia, ma il suo cammino d'ora in poi sarà più facile. Gli psichiatri e gli psicologi sono piuttosto ottimisti in proposito. E lo è anche il filosofo del nostro team.»

Con il filosofo Loredana aveva voluto ingaggiare una sorta di competizione intellettuale, ma io non ho chiesto a Manuela Carletti chi l'avesse vinta.

Non era questo che mi interessava sapere dal medico.

A quella donna dal viso solare come il nome del suo centro, volevo chiedere tutto sulla genesi del miracolo che aveva portato alla guarigione di Loredana.

Volevo chiedere come fosse stato possibile in quei due mesi e mezzo passare dall'inferno più oscuro al paradiso più luminoso.

Volevo sapere perché altrove avevano invece sempre fallito, miseramente.

Ma non mi è stato possibile.

Il mio tempo con Manuela era scaduto.

È stato proprio uno dei filosofi del centro a portarmi via da sotto gli occhi il medico responsabile.

Evidentemente non si lasciava molto spazio alle chiacchiere in quel posto che profumava di lavanda.

Vedendo la struttura dall'interno, si faticava a credere che il centro Raggio di Sole fosse un posto pubblico, inserito nel servizio sanitario nazionale.

Ho benedetto Silvia e le sue incalcolabili risorse.

Poi ho pensato fosse il caso di andare a cercare Loredana nella sua stanza.

Stava preparando la valigia.

Vicino a lei Stefano la guardava con le orchidee gialle ancora strette tra le mani.

Non potevo lasciare che fosse quel ragazzo a farla uscire dal centro, Loredana era pur sempre una minorenne. Come lo era Stefano.

Toccava a me prenderla in carico, diceva la legge.

Però potevo lasciarli soli.

Sono tornata sui miei passi e mi sono infilata dentro una stanza.

Era tappezzata di mattonelle blu.

Sulla parete più corta brillava una lavagna luminosa.

In mezzo alla stanza c'erano cinque poltrone, disposte in un semicerchio che guardava la lavagna.

Mi sono seduta su una poltrona e ho guardato anch'io lo schermo.

Vi compariva soltanto una parola: CAOS.

Mi sono incantata a fissarla.

Alle mie spalle mi ha raggiunto una voce.

Suadente.

Mi sono voltata.

Alle mie spalle, la figura di un uomo.

Suadente come la sua voce.

Bello.

Esageratamente bello.

Si è seduto sulla poltrona accanto alla mia e si è presentato.

Era uno degli psicologi del centro.

Immediatamente mi è ricomparso davanti agli occhi il ricordo dello psicologo dell'ospedale.

Ho cercato di scacciarlo via come si scaccia via una mosca molesta.

Quell'ospedale era un incubo lontano, per fortuna.

Nel presente c'era questa stanza con le mattonelle blu e un uomo che con la sua voce e con i suoi occhi doveva per forza aver sedotto una per una tutte le pur giovanissime pazienti del centro.

Chissà se sarei mai riuscita a parlare con Loredana di Massimo, lo psicologo.

Intanto Massimo si era messo a parlare con me.

Mi stava raccontando le difficoltà del suo lavoro. Del loro lavoro.

«Non si investono abbastanza soldi per la ricerca sui disturbi alimentari. Noi siamo convinti che l'anoressia abbia cause organiche, genetiche. Ma non riusciamo a trovare fondi che finanzino questi studi. Ecco perché è difficile fare luce su questo enigma chiamato anoressia.»

Enigma? Di nuovo? Cosa mi stava dicendo adesso lo psicologo?

Nemmeno in questo centro avevano trovato la soluzione definitiva per mettere fine alla malattia di mia figlia?

Non c'è stato tempo per una risposta.

Nella stanza dalle mattonelle blu si è accesa all'improvviso una luce gialla e sono entrate quattro ragazze magre magre, seguite da una donna con i riccioli rossi e un grande quaderno tra le mani, anch'esso rosso.

Là dentro stava per avere inizio una seduta terapeutica.

Massimo ha parlottato rapidamente con la sua collega dai capelli rossi, poi è uscito dalla stanza trascinandomi fuori per il lembo della camicia.

« Non deve angosciarsi, mia cara », mi ha detto stringendomi la mano per congedarsi.

L'ho trattenuto.

Volevo sapere se mia figlia era guarita oppure no.

« Non si deve angosciare », mi ha ripetuto laconico.

Avevo voglia di piangere.

Lui dev'essersene accorto.

Mi ha posato le mani sulle spalle e mi ha guardato.

« Loredana adesso sta bene, il percorso non è finito e il pericolo è ancora in agguato. Ma la strada è in discesa e tenere lontani i pericoli non è un'impresa difficile. »

Ho abbassato lo sguardo e mi sono messa a fissare le scarpe dello psicologo, un paio di mocassini color camoscio chiaro.

Loredana stava bene.

La strada era in discesa.

L'incubo era finito.

Mentre continuavo a rigirare queste frasi nei miei pensieri, con la coda dell'occhio ho visto mia figlia uscire dalla sua stanza.

Aveva il sorriso sulle labbra e il cestino delle orchidee gialle stretto tra le mani.

Stefano stava trascinando lungo il corridoio la valigia che le avevo portato durante il ricovero.

Anche lui sorrideva, e parlava, e rideva.

Forse canticchiava.

Massimo si è congedato da me con una piccola pacca sulla spalla e una strizzatina di palpebra.

Loredana stava bene.

Dopo un anno di incubi, infernali e feroci, in casa De Bellis poteva tornare la serenità.

Ma ho dovuto sedermi al tavolo da pranzo del salotto di casa per rendermi conto che era tutto vero.

Che era tutto realmente così.

Ho pregato chiunque ci fosse da pregare di non svegliarmi mai da questo sogno.

Quel sogno non soltanto non è evaporato all'alba, ma ci ha regalato un altro sogno, e poi un altro, e un altro, e un altro ancora.

In questi sette anni Loredana non si è mai fermata.

Prima il diploma al liceo.

Poi una laurea in Economia e finanza, con lode e bacio accademico.

Quindi Giorgio.

Un matrimonio vero, con tanto di veletta di pizzo e di lacrime sopra la torta di panna montata.

In casa De Bellis in questi sette anni la serenità ha lasciato il posto all'orgoglio prepotente di Bruno e alla mia timida incredulità.

Anche il piccolo Matteo non ci sta facendo mancare soddisfazioni.

È diventato un ragazzone simpatico, slanciato, bello. Sta continuando a macinare voti da lode e da encomio nel suo liceo sperimentale in cui vengono formati i futuri addetti alla diplomazia internazionale.

È rimasto figlio unico in casa.

Per seguire il suo corso di laurea, Loredana subito dopo il liceo si era trasferita in una città distante due ore e mezzo di treno.

Aveva lasciato Stefano al suo corso di Giurisprudenza e anche a un nuovo amore, senza baratri di sofferenza.

Per la separazione non si erano consumati drammi fra i due ragazzi, almeno all'apparenza.

Ancora prima di finire il liceo, Loredana aveva individuato senza esitazione il corso di laurea più adatto ai suoi interessi.

Quindi, sempre senza la minima esitazione, aveva trovato su internet un appartamento da condividere con altre tre studentesse.

Alla fine aveva comprato il biglietto del treno ed era uscita di casa come se stesse partendo per una semplice scampagnata della domenica.

Per ben sei mesi non si era più fatta vedere a casa, la prima volta.

Stefano non aveva voluto prendersi la briga di andarla a trovare lì dove si era trasferita.

Quando era tornata, Loredana aveva segnato già quattro esami con lode sul suo libretto universitario, mentre Stefano aveva appena cominciato a seguire le lezioni del suo corso di laurea.

Mi sono permessa di origliare i discorsi dei due ragazzi, quel pomeriggio.

Stefano stava dicendo a Loredana che i suoi ritmi, di studio e di vita, non avevano nulla di umano.

Lui non ci stava.

Non voleva starci.

Lui aveva voglia di godersi i tramonti e le mostre d'arte, e una passeggiata al parco quando c'era il sole, e anche quando c'era la pioggia.

Loredana era rimasta zitta.

In risposta avevo invece sentito il ticchettio dei tasti del suo computer.

Stefano si doveva essere innervosito. E a quel punto aveva tirato fuori un nome di donna: Aurora.

Loredana era stata prontissima: Aurora Becchetti, aveva detto a Stefano, e il suo tono era privo di emozioni, come se stesse parlando di un film da andare a vedere al cinema.

Aurora Becchetti era stata una loro compagna di classe al liceo e adesso stava seguendo gli stessi corsi che Stefano frequentava all'università.

Una bella ragazza, se i miei ricordi non mi tradivano, con i capelli lisci e dorati e gli occhi verdi contornati da ciglia lunghe, ammalianti.

Una modella da copertina, mi sembrava di mettere a fuoco in quel momento.

Eppure mia figlia non stava dando alcun segno di gelosia.

Nemmeno di insofferenza.

Due sere prima al cinema Stefano aveva baciato Aurora Becchetti sulle labbra, e ora stava spiegando a Loredana che era intenzionato ad andare avanti con la pratica.

Loredana era scoppiata a ridere. La pratica, lo aveva rimbeccato pungente, ma sentilo come parla in burocratese il mio futuro azzeccagarbugli.

A Stefano però non era venuto affatto da ridere.

L'ho sentito rimestare qualcosa dentro lo zaino e ho fatto appena in tempo ad allontanarmi da dietro la porta dove mi ero messa a origliare.

Stefano è uscito dalla stanza di Loredana senza fare rumore.

Poi è uscito anche dalla porta di casa, senza salutare nessuno.

Non è mai più tornato.

Loredana non mi è sembrata addolorata per la perdita. Poco dopo che Stefano se n'era andato, mi ha raggiunto in cucina spiegandomi che la mattina seguente sarebbe partita praticamente all'alba, le lezioni della sua università cominciavano molto presto e lei non aveva alcuna intenzione di perderne nemmeno un minuto.

Non ha perso un minuto, né un'ora, né un giorno, né un mese, Loredana.

Mia figlia è andata avanti sostenendo esami a raffica, con quei ritmi che avevano terrorizzato Stefano e avrebbero invece continuato a inorgoglire Bruno.

Giorgio lo ha conosciuto il giorno della discussione della tesi di laurea.

Quello che si dice un colpo di fulmine.

O, anche, l'incontro del destino.

Sembrava andassero bene tutte e due le espressioni, quella mattina.

Giorgio Mobrici era il più giovane tra gli assistenti che lavoravano con l'anziano professore di mia figlia.

La lode alla tesi di laurea Loredana l'avrebbe presa anche senza di lui, era inevitabile.

Tuttavia Giorgio quella mattina ha sicuramente messo del suo per aggiungerci qualcosa.

Lo slancio passionale che quel giovane assistente profuse durante l'interrogazione di mia figlia ha incredibilmente insospettito Bruno ancor prima di me.

Loredana e Giorgio si sono sposati soltanto quattro mesi dopo.

Fiori d'arancio e lacrime.

Velette di pizzo e sorrisi.

Flash.

Flash.

Flash.

La mamma di Giorgio era una tale chiacchierona che non so dire come Bruno sia riuscito a reggere la sua vicinanza dopo la cerimonia. E persino a lungo.

Mio marito, che non ha mai sopportato le parole a valanga, con Clara sembrava invece muoversi come un pesce dentro il suo acquario.

Nuotavamo tutti dentro un soffice sogno.

Dopo il matrimonio, Loredana è rimasta ad abitare nella città del suo corso di laurea, lì dove suo marito Giorgio viveva e insegnava e dove lei ha cominciato a seguire corsi di ceramica e di cinese, chiudendo inspiegabilmente dentro un cassetto la sua brillantissima laurea.

Io ho cominciato a mettere il naso nel mondo dell'associazionismo.

All'inizio in maniera del tutto casuale, cercando più che altro uno svago.

Volevo impiegare il tanto tempo libero che all'improvviso mi ritrovavo a disposizione.

Ho iniziato a frequentare un gruppo con obiettivi politico-sociali dove, incredibilmente, ero stata introdotta da Ornella, la mamma di Gabriele, il compagno di classe delle elementari di Matteo.

Ornella, la donna dalle forme burrose, aveva un cervello particolarmente perspicace, avrei scoperto a poco a poco, frequentandola in modo più assiduo.

Matteo e Gabriele non si erano mai più separati, sebbene dopo le scuole medie mio figlio avesse scelto il liceo sperimentale e Gabriele avesse optato invece per un tradizionalissimo liceo scientifico.

Anch'io e Ornella avevamo continuato a frequentarci, dapprima in maniera sporadica, poi, quando Loredana si era allontanata da casa per l'università, sempre più spesso.

Uscivamo insieme per fare la spesa o per andare al cinema, in centro a fare shopping, oppure per una semplice passeggiata nel parco vicino casa.

Fino a quando Ornella aveva scoperto quel gruppo che si riuniva in una delle sale del nostro municipio.

Si era appassionata a quegli incontri e mi aveva convinto a seguirli con lei.

Il gruppo si riuniva tutti i venerdì per discutere principalmente di diritti.

Dei diritti dei cittadini del quartiere, ma anche della città, della regione e, alla fine, dell'Italia intera.

Eravamo più o meno tutti coetanei, una trentina di persone circa, abbastanza omogenei come ceto sociale, ognuno con la propria ferita che lo aveva spinto a cercare rifugio proprio lì.

Si sostenevano diverse cause, le più disparate.

Ero alla mia terza riunione quando ho conosciuto Maurizio.

Difficile non notarlo.

Maurizio non consentiva mai che all'interno del gruppo fosse qualcun altro ad avere l'ultima parola.

Pacato e educato, ma determinatissimo, quell'uomo dalla fronte spaziosa voleva rilanciare sempre lui l'ultima palla, ed era sempre una palla che alla fine carambolava in rete per arrivare al gol.

Aveva indubbiamente qualcosa di magnetico, Maurizio.

Aveva un figlio di sedici anni, autistico, avrei scoperto quella sera.

Per la prima volta dopo la fine della riunione, non ero voluta tornare a casa con Ornella.

Avevo preferito fermarmi a chiacchierare con lui.

Maurizio in quel gruppo ci era entrato perché cercava un posto dove si potessero far valere i diritti di chi nella vita aveva avuto meno fortuna, mi ha voluto spiegare senza che glielo chiedessi.

Eravamo rimasti in piedi davanti all'ingresso della piccola sala in cui si tenevano le nostre riunioni, una sala che ci era stata concessa dal nostro municipio grazie alle buone conoscenze che proprio Maurizio aveva nel quartiere.

Si chiamava Matteo, il figlio autistico di Maurizio.

Era il suo figlio maggiore.

Lui, poi, ne aveva messo al mondo un altro, con una mamma diversa da quella di Matteo.

Lo aveva fatto prima di rendersi conto della malattia del suo primo bambino, che continuava a crescere senza sorridere e senza parlare, mai.

Adesso Maurizio non viveva con nessuna delle mamme dei suoi due figli.

« Io vivo unicamente per riuscire a garantire a Matteo un'esistenza decente. E ce la farò. »

Le ha sussurrate queste parole. Poi mi ha chiesto di me.

Voleva sapere quale fosse la mia, di sofferenza, perché era sicuro che ne avessi una da qualche parte, e che fosse anche importante.

«Altrimenti, Marta, non saresti rimasta ad ascoltare i miei racconti per quasi un'ora, in piedi, in mezzo a questo corridoio pieno di spifferi.»

Quasi un'ora.

Non mi ero resa conto che l'orologio avesse corso in quel modo.

Ormai era praticamente l'ora della cena e chissà cosa stava pensando Bruno in quel momento, mentre guardava il telegiornale della sera, in salotto, davanti alla tavola non ancora apparecchiata.

In realtà non me ne importava nulla.

Ho chiesto a Maurizio se avesse voglia di mangiarsi una pizza e, mentre lui mi rispondeva che gli avevo appena tolto le parole di bocca, io stavo già componendo il numero di telefono di Ornella.

Sarebbe stata lei il mio alibi per quella pizza.

Bruno non ha avuto nulla da obiettare.

Non mi ha fatto nemmeno una domanda in più, se non per accertarsi che avessi portato con me le chiavi di casa.

Si aspettava che rientrassi a un'ora piuttosto tarda, evidentemente.

O, forse, non si aspettava proprio niente.

Da quando Loredana si era definitivamente trasferita a due ore e mezzo di treno da noi, in casa io e mio marito sembravamo due estranei sotto lo stesso tetto.

Le nostre serate in salotto erano diventate una successione di silenzi oppure di fiction rumorose, a meno che in televisione non trasmettessero partite di calcio o campionati di tennis.

Il silenzio, invece, non apparteneva certo al vocabolario di Maurizio.

Il mio nuovissimo amico riusciva a parlare sempre, e sempre in maniera forbita, persino con la pizza sotto la lingua, e questo senza risultare mai sguaiato, o poco educato.

Una performance da guinness dei primati.

Una serata davvero piacevole, in una pizzeria da adolescenti illuminata con le luci al neon.

Non ricordavo una serata tanto gradevole forse dai tempi dell'università.

Ho avuto la sensazione che anche il mio commensale avesse provato qualcosa di speciale.

Ma non ci siamo detti nulla.

Prima di lasciarmi davanti al portone di casa, Maurizio ha però espresso un desiderio.

Avrebbe voluto che il suo Matteo e il mio si incontrassero per provare a costruire un'amicizia.

Avevano la stessa età e a Maurizio non piaceva che la malattia diventasse un ostacolo per la vita sociale di suo figlio.

Ho promesso che sarebbe successo al più presto, sebbene non sapessi assolutamente da che parte cominciare per combinare l'incontro fra i due ragazzi. Per via del mio Matteo, certo.

Ma soprattutto per via di mio marito.

Temevo sarebbe risultato evidente al primo sguardo il mio trasporto nei confronti di Maurizio.

Alla riunione successiva del nostro gruppo del venerdì mi sono presentata con addosso l'euforia di un'adolescente al primo appuntamento.

Ornella non era potuta venire, questa volta.

Un brutto raffreddore, mi aveva comunicato al telefono poco prima che io uscissi di casa per aspettarla, come sempre, sul marciapiede di fronte al portone.

Non ho usato comunque la mia macchina per raggiungere la sede del municipio.

Anche se non avevamo preso alcun accordo, confidavo in un passaggio di Maurizio al ritorno.

Quando sono entrata nella sala lui però non c'era.

Soltanto in quel momento ho realizzato che non ci eravamo nemmeno scambiati i numeri di telefono.

La riunione è cominciata ed è stata da subito una vera sofferenza.

Non mi importava assolutamente nulla degli

sproloqui verbosi che sgorgavano dalle labbra delle persone sedute a semicerchio nella sala.

Erano inutili.

Forse dannosi, pensavo, e non avevo nemmeno Ornella vicino per potermi sfogare, o magari per fuggire via insieme.

Senza Maurizio la riunione del venerdì mi sembrava più fastidiosa di una riunione di condominio.

Ma non l'ho dato a vedere.

Anzi.

A un certo punto ho chiesto addirittura di intervenire.

Non so perché, è stata una decisione che mi è venuta di getto. D'istinto.

Mi sentivo trascinare da una foga atavica, o forse era la noia, o forse tutte e due le cose.

Comunque ho improvvisato.

È venuta fuori una dissertazione, lunga e particolarmente argomentata.

Le parole mi uscivano fluide, prepotenti e roboanti, come se non avessero aspettato altro che quel momento per poter finalmente prendere la loro forma in un discorso compiuto.

Stavo parlando dei diritti delle mamme.

Stavo sostenendo che era arrivato il momento

che le mamme si alleassero, con forza e serietà, per combattere lo stereotipo becero che le voleva sempre e comunque colpevoli.

Stavo argomentando che c'erano in giro esperti di problemi mentali che accusavano le mamme di essere direttamente responsabili delle malattie psichiatriche dei loro figli.

È stato a quel punto che Maurizio è entrato in sala.

È stato a quel punto che il presidente di turno della nostra riunione del venerdì ha interrotto le mie parole per sollecitare un applauso collettivo.

Non smettevano di battermi le mani, i miei compagni.

Maurizio si spellava più degli altri, almeno così mi sembrava di cogliere con la coda dell'occhio, mentre tentavo di non perdere la concentrazione che mi aveva appena regalato un simile successo.

Non è stato necessario, tuttavia.

Terminato il lungo e davvero caloroso applauso della sala, non sono più dovuta andare avanti col mio discorso.

Ci ha pensato Maurizio a prendere la parola al posto mio.

Sembrava ci fossimo messi d'accordo in anticipo.

Ha tirato fuori dalla tasca della giacca un foglio e ha chiesto ai presenti la cortesia di prestare molta attenzione.

Ha spiegato che stava per leggere un brano, tratto da una lezione di un corso post-laurea di Pedagogia speciale, che pretendeva di spiegare la genesi dell'autismo.

> « Le madri a livello inconscio sanno di essere una delle parti della disabilità dei propri figli. Il buco lasciato per carenza di affetto metaforico provocherà un buco corrispondente al posto della significazione fallica. »

Questo era quanto veniva insegnato nei corsi di Pedagogia, dopo la laurea.

Corsi obbligatori, ha precisato Maurizio.

Dopo la sua lettura, ha voluto prendere la parola la frequentatrice più anziana del nostro gruppo, Gioia.

Che io sapessi, non era mai intervenuta prima, qualunque fosse l'argomento dibattuto.

Questa volta invece lo ha fatto, lasciandoci tutti quanti senza parole.

Anche Gioia aveva un figlio autistico, si chiamava Ludovico.

Ludovico aveva superato i quarant'anni e viveva una vita lontana dalla normalità, sebbene la sua passione per la musica lo aiutasse a comunicare con il resto del mondo.

Tutto era cominciato quando Ludovico aveva pochi anni e la diagnosi di autismo era comparsa con insistenza sulle bocche dei medici da cui lei e suo marito portavano il bambino per visite ed esami.

Prima di quelle visite, Gioia e suo marito Eraldo non avevano mai sentito parlare di autismo.

Non avevano mai sentito parlare nemmeno di quello psicoanalista così famoso. Un medico che si era formato sui testi del suo maestro austriaco considerato il massimo esperto mondiale di autismo.

Ma con lui si erano imbattuti nella mamma frigorifero.

La mamma frigorifero, proprio così.

Era la storia che Gioia ci voleva raccontare adesso, in questa riunione.

Lei e suo marito Eraldo si erano presentati pieni di speranza nello studio di quello psicoanalista famoso.

Una volta arrivati, non avevano fatto che pochi minuti di anticamera.

Poi erano entrati, Ludovico in braccio a Gioia.

L'illustre medico non si era perso in convenevoli.

In realtà non aveva avuto proprio esitazioni.

Aveva guardato Gioia negli occhi e le aveva detto, senza pudore, che era colpa sua se suo figlio si trovava costretto a rifugiarsi in una fortezza vuota.

Una fortezza vuota, aveva usato esattamente queste parole.

Poi, con un tono che non prevedeva repliche, aveva sentenziato: Gioia era una madre frigorifero.

Una madre frigorifero voleva dire semplicemente che era una madre fredda e insensibile ai bisogni del figlio.

Un atteggiamento, il suo, che generava in Ludovico l'idea che non avrebbe mai potuto influenzare il mondo circostante.

Di qui la fuga del bambino nella fortezza vuota.

Di qui la patologia dell'autismo.

Di qui la fuga precipitosa che Gioia ed Eraldo misero in atto quel pomeriggio.

All'inizio della visita, lo psicoanalista non si era curato minimamente di Ludovico.

Non solo non l'aveva visitato, ma non l'aveva nemmeno guardato.

Aveva invece preso appunti con la sua pesante stilografica sopra un grande quaderno, fissando di tanto in tanto Gioia con uno sguardo inquisitorio.

Gioia sarebbe rimasta inchiodata sulla sedia dello studio come pietrificata se suo marito Eraldo non le avesse tolto di scatto il bambino dal grembo invitandola a fuggire via, senza neanche salutare.

E senza pagare la parcella, ha aggiunto Gioia un attimo prima che io potessi farle esattamente quella domanda.

Mi sentivo a casa.

L'applauso della sala che ha accompagnato l'intervento di Gioia è stato forse più caloroso di quello per il mio discorso sui diritti delle mamme.

Approfittando della confusione, Maurizio mi ha raggiunto accomodandosi accanto a me sulla panca.

Sorrideva, visibilmente soddisfatto.

Intanto Alberto, che quel venerdì era il presidente di turno della riunione, stava faticando non poco per contenere gli entusiasmi della sala.

Dopo l'intervento di Gioia si erano iscritti in venti a parlare, tutti insieme.

Quasi tutte donne.

Non era mai capitato.

Nelle nostre riunioni di solito prevalevano nettamente gli spazi vuoti che il presidente di turno si trovava a dover riempire da solo con chiacchiere improvvisate, rispetto agli effettivi interventi dei partecipanti alla discussione.

Maurizio ha deciso di prendere in mano la guida della riunione.

Non aveva senso lasciar parlare adesso tutti e venti i partecipanti che si erano iscritti, ha affermato.

Del resto aveva calcolato che non sarebbe stata sufficiente una notte intera per esaurire il dibattito.

Serviva piuttosto un intervento complessivo e ben strutturato sul tema che quel venerdì aveva tenuto banco durante la riunione.

I diritti delle mamme.

Ognuno dei venti iscritti al dibattito di quella splendida riunione si sarebbe dovuto applicare a scrivere la propria testimonianza, anziché raccontarla a voce.

Ci avrebbe poi pensato Maurizio a farsi carico di tutto il materiale.

Lo avrebbe assemblato.

Rielaborato.

Manipolato.

Lui era convinto che alla fine con tutto quel meraviglioso materiale si sarebbe potuto realizzare uno spettacolo teatrale.

Uno spettacolo allegro, però.

Una sorta di musical recitato.

Aveva già in mente anche il titolo:

W LA MAMMA

Ci convinceva?

Un altro applauso molto caloroso ha avvolto e travolto la sala.

Avevo la sensazione di trovarmi nel posto dove avrei voluto essere, da sempre.

Mi sono messa a guardare uno per uno i volti dei miei inaspettati compagni di avventura mentre battevano le mani, felici come bambini al parco giochi.

Anch'io mi sentivo felice.

Il giorno dopo sarei partita per raggiungere Loredana.

Da quando mia figlia si era sposata, e ormai era passato quasi un anno, non ero mai stata a casa sua.

Sarei andata io da sola, una visita breve per non essere troppo invadente.

Loredana era stata molto felice quando le avevo annunciato il mio arrivo.

O, perlomeno, così mi era sembrato.

A differenza di Bruno, io non ero stata particolarmente contenta di quel suo matrimonio così affrettato.

Non che avessi nulla contro suo marito Giorgio, impeccabile nella sua educazione.

Anche un bel ragazzo.

Simpatico, indubbiamente.

Ma c'era qualcosa in tutta la vicenda che non mi tornava.

In verità era stata l'espressione di mia figlia sull'altare a non convincermi.

Una smorfietta.

Un attimo, appena.

Ma era una spia che non avevo voluto sottovalutare.

Maurizio mi ha tranquillizzato.

No, non per via di mia figlia.

Non ero arrivata a confidargli le mie pene più intime.

Non ancora.

A Maurizio avevo semplicemente raccontato

che sarei andata a trovare mia figlia che si era sposata da poco.

È stato per questo che mi ha voluto tranquillizzare. Se la sarebbe cavata anche senza di me per scrivere il brogliaccio del nostro musical.

Aveva ascoltato con attenzione il mio intervento sui diritti delle mamme, mi ha detto.

« Non avrò certo difficoltà ad aggiungere qualcosa di mio, cara Marta. Ne so parecchio di mamme bistrattate dai medici di turno. »

Io ero convinta che Maurizio fosse entrato nella sala quando avevo già finito di parlare. Ma non ho contestato le sue parole.

Anche perché lui ha condito questa affermazione con il suo sorriso lieve.

Ammaliante.

L'ho ringraziato con grande trasporto.

Aveva assecondato un mio desiderio.

Dopo, però, l'ho salutato in maniera assai sbrigativa, quasi volessi fuggire da lui.

E probabilmente era proprio così, volevo fuggire da lui.

Sicuramente sono salita al volo sopra il primo taxi che mi passava davanti, fermandolo con un dito.

Neanche fossi su una Avenue di New York.

Mia figlia era andata ad abitare in un appartamento molto luminoso, davvero grande.

C'erano tre camere da letto, due bagni e un salone ben più ampio di quello della nostra casa di famiglia.

C'era anche una terrazza che partiva dalla loro camera da letto matrimoniale con le pareti decorate da piccoli fiori azzurri.

Loredana ha prontamente anticipato alcuni miei interrogativi.

Non era incinta, e lei e Giorgio non avevano intenzione di avere figli.

Almeno, non nel breve periodo.

Mi sono seduta sul divano a righe verdi.

Ce n'erano altri due di divani, in quel salone che alle pareti aveva quadri che sembravano d'autore.

Loredana mi ha anticipato pure in questo caso.

L'appartamento era di proprietà di Giorgio, l'aveva ereditato da suo nonno.

I quadri alle pareti erano effettivamente d'autore ed erano soltanto una parte della straordinaria collezione di Giorgio Mobrici, il nonno di suo marito, appunto.

Un'altra parte era stata donata al museo della città.

Sapevo che il papà di Giorgio era morto quando il ragazzo aveva solo otto anni.

Sapevo anche che il marito di mia figlia era figlio unico.

Non potevo però immaginare l'entità del patrimonio ereditato da Giorgio.

Loredana non me ne aveva mai parlato.

Adesso mia figlia mi stava sciorinando l'albero genealogico del marito, come fossi un'estranea.

« L'uomo che il giorno del matrimonio avete visto accanto a Clara, la mamma di Giorgio, è il suo secondo marito, il patrigno di Giorgio, con cui lui non ha mai avuto un buon rapporto, fin dall'inizio. »

Me lo aveva già detto questo, proprio il giorno del suo matrimonio.

Parlava come se non lo ricordasse.

« Clara, tuttavia, non ha voluto mettere al mondo altri figli e Giorgio non si è ritrovato con dei fratellastri, visto che il secondo marito di sua madre non aveva avuto figli dal primo matrimonio. »

Anche questo lo avevo già saputo.

L'unico piccolo dettaglio che Loredana si era tenuta per sé su quel figlio unico che aveva sposato è che era, prima di tutto, un erede straordinario.

Non c'erano soltanto i quadri di Monet, Manet, Fontana, Pollock che vedevo appesi attorno a me, tra cui spiccava persino una Marilyn di Warhol.

Oltre al meraviglioso appartamento dove mi trovavo in quel momento, Giorgio possedeva infatti anche un casale in campagna con tanto di scuderia e una luminosa casa a Venezia, sul Canal Grande.

Loredana sembrava non dare importanza a tutto ciò.

Terminato il suo racconto asettico sulla favolosa eredità del marito, si è alzata dal divano ed è andata verso la cucina.

È tornata con un pacchetto.

Mi ha offerto dei pasticcini.

Lei ne ha preso per sé uno minuscolo, alla crema di cioccolato.

Poi ha cominciato a raccontarmi del suo corso di ceramica.

Aveva la voce atona.

Le palpebre abbassate.

Mentre parlava intrecciava le dita.

Era visibilmente in difficoltà.

Non ce la facevo a vederla così.

Ho chiesto a Loredana se potevo andare in bagno.

Mi ha accompagnato nel suo.

Sulla porta ha voluto consegnarmi un set completo di asciugamani, in tinta.

Il bagno di mia figlia era più grande di una qualsiasi delle tre camere da letto dell'appartamento.

La parete più lunga era occupata per intero da uno specchio enorme.

Mi sono avvicinata e ho visto il riflesso del mio volto.

Non era il riflesso di un volto felice.

Mi è bastato avvicinarmi al water per capire.

Sotto la tavoletta del bagno ho trovato tracce inequivocabili.

Vomito.

Vomito fresco.

Ma anche incrostato, residui risalenti almeno a qualche giorno prima.

Ero diventata un'esperta in materia.

Mi sono sciacquata il viso con grande foga.

Non avevo nessuna voglia di ricominciare dal vomito.

Ma ero convinta di non avere alternativa.

Mi sono fatta coraggio.

Non è servito.

Quando sono uscita dal bagno ho trovato Loredana vicino alla finestra.

Si era seduta dietro una scrivania piuttosto antica.

In silenzio, stava armeggiando con le dita dentro i piccoli cassetti del mobile.

Ha tirato fuori una fotografia un po' accartocciata.

L'aveva nascosta dietro alcuni oggetti in argento.

Me l'ha mostrata.

Ho sentito una fitta sotto il seno sinistro.

Probabilmente al cuore.

C'eravamo io e lei in quella fotografia, scattata all'alba sulle nevi delle Dolomiti.

Eravamo sedute su una slitta di legno.

Loredana era piccola piccola.

Io molto giovane.

La somiglianza tra noi lasciava decisamente sconcertati.

Ne avevo perso la memoria.

Di quella fotografia.

E della nostra somiglianza.

Loredana è avanzata verso di me accostando al suo cuore quell'immagine sbiadita.

« Mamma, avevo pensato che sposare un uomo simile a papà mi avrebbe portato a essere felice come tu sei felice con lui. Mi sono sbagliata. »

Non l'avevo mai vista tanto sincera.

Vera.

Non ha avuto esitazioni.

« Da quando sono entrata in questa casa con la fede al dito ho ripreso il rituale del vomito. »

Aveva ricominciato.

In quel momento ho scoperto che Loredana, in realtà, non aveva mai veramente smesso di vomitare.

Mi ha spiegato.

« In questi anni mi sono trascinata il vomito sempre dietro, come una ciambella di salvataggio. Quando avevo un problema, lo risolvevo così, vomitando. Comunque succedeva solo ogni tanto, piuttosto di rado. Non era invadente, non mi devastava la vita. È stato dopo il matrimonio, però, che il problema è esploso. Riesploso con violenza, come ai vecchi tempi.»

Non aveva alcuna espressione sul volto, Loredana, mentre mi descriveva il suo nuovo inferno del quale Giorgio non si era mai accorto.

O piuttosto aveva finto di non accorgersi?

Non ho rivolto questa domanda a mia figlia.

Mi sono invece avvicinata a lei piano piano, le ho preso la mano sinistra e le ho sfilato la fede d'oro dall'anulare.

Un colpo secco.

Poi ho messo la sua fede dentro uno dei minuscoli cassetti di quell'antica scrivania.

Al posto della nostra fotografia sulle nevi delle Dolomiti.

Loredana mi ha abbracciato in una stretta forte.

Convulsa.

Quasi violenta.

«Mamma, se mi aiuti tu posso farcela.»

Era la prima volta che mi chiedeva aiuto.

Da quando era nata.

Mi è salito dal ventre un affanno che mi ha ostruito la gola.

Faticavo a tirar fuori le parole.

Mi sono dovuta sforzare per fare un respiro

profondo, come quello che mi avevano insegnato al corso per il mio primo parto.

Stavamo rinascendo di nuovo, io e Loredana.

Stretta in quell'abbraccio febbrile, non mi sono vergognata di lasciar scivolare le lacrime lungo il viso.

Le ho sussurrato all'orecchio.

« Non più briciole, Lory. Ma una vita piena. Te la meriti, figlia mia adorata. »

La separazione da Giorgio era stata assai morbida.

Una pietosa bugia, per cominciare.

Loredana sarebbe venuta via con me perché doveva aiutare una mia vecchia amica d'infanzia che le era stata particolarmente vicina in alcuni periodi difficili.

Giorgio aveva annuito, flemmatico.

Non si era nemmeno accorto che Loredana si era sfilata la fede dall'anulare.

O, almeno, non lo aveva dato a vedere.

Due baci sulle guance, una valigia non troppo grande.

Loredana sembrava avere una gran fretta di lasciare la sua casa coniugale.

Siamo ripartite con lo stesso treno, ma Loredana non è venuta a dormire a casa nostra.

È andata da Silvia.

La mia amica psicologa-psicoanalista si era lasciata anche con il suo ultimo compagno, Giulio, ed era quindi tornata ad abitare nella casa di quando era ragazza.

Un bilocale nel quartiere universitario, diventato adesso particolarmente vivace, pieno di gente a qualsiasi ora del giorno e della notte.

Loredana era stata molto felice di questa posizione strategica.

La parola d'ordine era stata: acqua in bocca con Bruno.

Fino a quando ci sarebbe stato possibile, ovviamente.

Temevo più che altro la delusione di mio marito.

Ero certa che non approvasse l'intervento di Silvia.

Eppure non c'era miglior complice di lei per mettere in atto questa manovra. Un'operazione che ora dopo ora stava restituendo il sorriso e la luce al volto di Loredana.

Arrivata nel bilocale di Silvia, si era sentita come dentro al rifugio di un perseguitato.

La mia amica non aveva perso tempo. Si era data da fare, dal primo minuto.

Questa volta per Loredana aveva trovato una psicoterapeuta di estrazione junghiana, con specializzazione in disturbi del comportamento alimentare.

Aveva il nome di una escort di alto bordo, la terapeuta di Loredana.

Luana Armellin aveva anche le fattezze levigate c scintillanti tipiche di una modella da copertina.

In teoria era l'antitesi di quello che ci si aspetta quando si parla di un medico che si occupa del cervello.

In pratica, dopo la prima seduta, se solo avesse potuto, Loredana da Luana Armellin ci sarebbe andata tutti i giorni della settimana.

L'ho vista cambiare sotto i miei occhi, mia figlia, seduta dopo seduta.

Ora dopo ora.

Momento dopo momento.

Dopo tanti anni e troppi inferni attraversati, stavo capendo una semplicissima, lampante verità: ogni malattia ha il suo giusto medico.

Il problema è trovarlo, quel medico.

E trovarlo in tempo, soprattutto.

Dopo tanti anni e troppe notti senza sonno, sembravamo finalmente alla meta.

Loredana si stava accendendo alla vita, ogni giorno di più.

Ho visto mia figlia accantonare nel fondo della valigia i suoi tailleur abbottonati e grigi, e gettare via le sue décolleté tacco dodici.

L'ho vista letteralmente rifiorire fasciata da salopette di velluto rosa e stivaletti stile rock and roll.

Ho visto Loredana prendere il telefono e comunicare a suo marito che il loro matrimonio era finito.

Senza acrimonia.

Senza alterare la voce.

Con una determinazione invidiabile, piuttosto.

Quella che io non ero mai riuscita ad avere in tutta la mia vita.

No, non ho voluto mettere in dubbio il mio rapporto con Bruno.

Avevamo quasi l'età per diventare nonni, e in fondo mio marito era sempre stato garbato con me, rispettoso.

Mi aveva anche molto amato, credo.

Un giorno, però, ho deciso di prendere anch'io un appuntamento con Luana Armellin.

Nonostante le apparenze, ho scoperto che aveva pressappoco la mia età.

Cinquantun anni.

Era ormai più di un anno che Loredana frequentava lo studio della dottoressa Armellin, tre volte la settimana.

Senza saltare mai una seduta.

In questo tempo, non solo aveva annunciato a suo marito la separazione.

Non solo aveva cambiato il suo stile, nel vestire e nel modo di porsi verso gli altri.

Si era iscritta pure a un corso di recitazione teatrale, scoprendo finalmente la sua vera passione.

Loredana, soprattutto, aveva smesso di vomitare.

Per la prima volta, da quando era piombata nel tunnel dell'anoressia.

Per la prima volta, sul serio.

Quando sono entrata nel suo studio, Luana Armellin non mi ha permesso di aprire bocca.

« Signora De Bellis, mi dispiace deluderla, ma io non posso fare niente per lei. »

Non mi ha lasciato nemmeno il tempo di chiedere perché.

Mi ha anticipato.

« Non posso prendere in carico una paziente che è la mamma di un'altra mia paziente. Non è deontologicamente corretto. Sono desolata. »

Non mi sono rassegnata.

Ho insistito.

Ho provato a insistere.

« Luana... Ehm, dottoressa Armellin, mi dia almeno qualche consiglio. Rimarrà qui tra noi, tra le quattro mura del suo studio.»

La dottoressa Armellin non ha replicato.

Ho interpretato questo suo silenzio come un implicito via libera.

Ho cominciato a raccontarle tutta la storia nata dalle mie riunioni del venerdì.

Tutto su Maurizio.

Poi ho osato.

«Dottoressa, lei cosa mi consiglia: continuo a frequentarlo?»

Si è inumidita le labbra color prugna, Luana Armellin.

E ha gettato il suo sguardo denso dentro i miei occhi inquieti.

«Marta, ascolta bene le domande che mi stai ponendo...»

«Ti sto chiedendo se devo ancora vedere Maurizio oppure no, Luana.»

«Già.»

«Già cosa?»

«Secondo te, Marta, perché stai chiedendo a me se devi ancora vedere quest'uomo?»

«Perché tu...»

«Perché io?»

«Tu sei il medico, Luana.»

«Ma tu non sei malata.»

«E quindi?»

«Quindi sei tu che devi decidere.»

«Sì, ma tu che ne pensi?»

«Segui la strada del cuore, Marta. Non è mai una strada sbagliata.»

Uscita dallo studio della dottoressa Armellin, ho preso il cellulare dalla borsa e ho posizionato d'istinto il cursore sul numero di Maurizio.

Non chiedetemi perché, invece di telefonargli, ho messo il dito sul tasto «delete» e ho cancellato il suo numero.

Ci sono attimi che valgono una vita intera.

Quello.

Clic.

Sparito il suo numero di telefono.

Sparito anche quel groppo allo stomaco.

Non mi aveva più abbandonato dalla prima volta che avevo tradito Bruno.

È stato tutto talmente facile, in quell'attimo.

Addirittura gioioso.

Non avevo più voglia di vedere Maurizio.

*

Il nostro musical *W LA MAMMA* aveva già calcato con successo tutte le dieci date che i teatri in Italia ci avevano messo a disposizione.

Bruno aveva diligentemente ripreso tutte e dieci quelle rappresentazioni teatrali.

Postfazione

Non esiste un disturbo della mente più raccontato dell'anoressia nervosa. Più romanzato. Letteralmente romanzato. Fiumi d'inchiostro per dipingere gli stati mentali di ragazze in preda a deliri, paranoici e ossessivi, come fossero momenti di alta poesia e ispirazione lirica.

Sono stati in tanti a descrivere e raccontare nei dettagli l'anoressia nervosa. Psicologi e analisti, e poi pazienti, in prima persona. Sono stata io, vent'anni fa, ad aprire la strada della narrazione personale di questo disturbo. Ma il mio romanzo, *Briciole*, non aveva nulla a che fare con quella narrazione lirica e paradossalmente romantica che avrebbe poi preso il sopravvento.

Alla saggistica psicoanalitica ci hanno invece pensato gli esperti. Esponenti delle più varie scuole dei giorni nostri hanno tirato per la giacca Freud, Jung e quindi Lacan, senza risparmiarsi toni lirici del tutto incongrui. Consultati, rivisitati e variamente interpretati, i padri della psicoanalisi sono stati usati per colpire un unico bersaglio, preciso e ben definito: la mamma. La donna che si trova a portare il peso più grande di questa malattia. È lei la colpevole, perfetta in un ruolo ormai diventato stereotipo, come il maggiordomo nei gialli più classici.

Alle madri delle anoressiche, negli ultimi decenni, non è stato risparmiato davvero nulla, e sono state incolpate di ogni gesto patologico delle proprie figlie.

Sono passati poco più di vent'anni da quando l'anoressia nervosa ha conquistato un posto di primissimo piano nel circo massmediatico. Quasi un secolo e mezzo da quando il termine « anoressia » venne coniato per la prima volta.

Nel frattempo la malattia non è mutata di una virgola e i sintomi sono rimasti inalterati, ma qualcosa sta finalmente mutando nell'approccio alle cause.

Negli ultimi tempi, con fatica, si stanno facendo strada studi clinici che trattano l'anoressia nervosa come un serio disturbo della mente con basi organiche, probabilmente genetiche, sicuramente assimilabile a tanti altri disturbi che devastano la psiche umana.

Eppure lo stereotipo della mamma assassina

resiste, sopravvive agli studi, invade i giornali, le televisioni, i libri.

Uno stereotipo che continua ad angustiare la vita delle madri, rese doppiamente vittime da questa paradossale congiura scientifico-mediatica, ma impossibilitate a far sentire la propria voce in questo impietoso circo della comunicazione.

Almeno fino a ora.

Ringraziamenti

Dovrei cominciare ringraziando mia madre Letizia, la sua favolosa energia, la sua caparbietà, e tutto il resto. Ma le ho già dedicato il libro e quindi do per scontato il mio grazie a lei e anche a mio padre Nicola, sebbene da troppo tempo non sia più fra noi.

Un grazie di cuore è per Guglielmo Cutolo, e non so se è più per la sua dedizione impagabile alle pagine di questo libro o per la sua ironia, preziosa.

Un grazie speciale a Fabio de Paolis e a suo figlio Giulio, insostituibili paladini della mia scrittura nel loro castello, lì dove, tra arazzi e giardini pensili, Mister Dp e Mister Vicky si sono prodigati in gentilezze e tazze di caffè.

Grazie anche a loro.

Poi, per chi ci crede: un ultimo grazie ai fantasmi del Castello di Fumone che mi hanno lasciato dormire tranquilla la notte e svegliare quindi riposata al mattino, pronta per una nuova giornata di lavoro.

Fotocomposizione Editype S.r.l.
Agrate Brianza (MB)

Finito di stampare
nel mese di aprile 2015
per conto della Longanesi & C.
da Grafica Veneta S.p.A. di Trebaseleghe (PD)
Printed in Italy